Gerd Spiekermann wurde 1952 in Ovelgönne/Wesermarsch geboren. Er studierte Romanistik und Politologie in Marburg und Rennes (Frankreich), absolvierte sein Referendariat in Wilhelmshaven und leistete anschließend Zivildienst in einer Hamburger Werkstatt für psychisch Kranke. Gerd Spiekermann war von 1985 bis 2015 Redakteur für Niederdeutsch bei NDR 90,3 in Hamburg. Seit 1988 ist er regelmäßig in der NDR-Sendereihe „Hör mal `n beten to" zu hören. Eine Vielzahl seiner Geschichten und Erzählungen liegen in Büchern vor und Live-Mitschnitte seiner Lesungen sind auf Hörbüchern zu finden. Für seine Erzählungen wurde er mehrfach mit literarischen Preisen ausgezeichnet.

Gerd Spiekermann

Koom mi nich an de Farv!

Quickborn-Verlag

Die plattdeutsche Schreibweise des Autors
ist unverändert übernommen worden.

ISBN 978-3-87651-437-6

© Copyright 2017 by Quickborn-Verlag, Hamburg
Umschlagfoto: Musiktransfair Julia Weber, Hamburg
Gesamtherstellung: CPI books GmbH, Leck
Der Umwelt zuliebe
auf chlorfrei gebleichtem Papier gedruckt
Printed in Germany

Inhalt

Mien Vadder hett jümmers seggt:
„Gerd, von de Wohrheit alleen
kannst du nich leven."

Buenos Dias oder Moin, Moin Südamerika

Bariloche

Endlich sünd wi dor, wo wi al so lang von dröömt hefft: in Argentinien. Ganz akraat sünd wi in Patagonien, in de Stadt Bariloche, de liggt an de Anden. Un ick mööt seggen, hier gefallt us dat allerbest. Un allens füng ook so goot an. Von Hamborg sünd wi no Madrid flogen – 3 Stunnen, denn wieder no Buenos Aires – 12 Stunnen – un denn wieder no Bariloche – nochmol twee-un'nhalv Stunnen. Flegen mookt mi ja nix ut, vör all dissen lange Törn övern Atlantik. Ick heff de mehrste Tiet de Ogen dicht hadd, seggt mien Fro. Ook as de Maschin een poormol döörsackt is – weeßt doch Turbulenzen – ick heff slopen as een Rott. As wi in Bariloche ankemen, wullen wi mit'n Bus von'n Flooghofen in de Stadt föhrn un, so as wi dat kennt, bi'n Busfohrer betohlen. Mit Pesos, de harr ick al besorgt. Overs he wull een Tajeta sehn. Een wat? Tajeta. Och so, so'n Prepaid-Kort. Hefft wi nich. Deit mi leed.

Disciple. Mookt nix, fohrt man so mit, sä de gode Mann. So is Argentinien! Un as wi bi us Gastfamilie ankemen, weer de gor nich dor. Overs de Noversche weer dor un hett us nich blots upnohmen, nee, koolt Woter un heten Koffee hett se us anboden. Bi ehr kunnen wi töven, bit use Lüüd retourkemen. As wi ovends in de Puuch klattert sünd, dor hefft mien Fro un ick us ankeken un seggt: Muy bien. Allerbest. So kann't wieder gohn in Argentinien.

Perro – us Strotenhund in Argentinien

Wat us in Argentinien foorts upfallen dee, dat sünd de velen Hunnen, de hier free rumlopen doot. Swatte, brune, swattwitte, swattbrune un swattwittbrune Hunnen. De striekt dör de Stroten, as weer dat all ehr Revier, un de loppt ook över de Stroten, dör de Autos dör, un nix passeert. Un de leggt sick hen un sloopt, wo un wenn ehr dat in'n Sinn kümmt. Un de Lüüd? De stiegt dor över weg, as weer dat dat Normoolste von de Welt. Een Nomiddag streken wi dör San Martin, as upmol een kole Nees us von achtern anstöten dee. Een … een Boxer-Retriever-Labrodor un wat -weet-ick-noch-allens-Mischling. De keek us mit

12

grode troe Ogen an. Wi gungen wieder – un he leep mit. Wi sünd in een Café inkehrt un hefft wat drunken. Een halve Stunn hefft wi us dor Tiet för nohmen un as wi wedder rutkemen, leeg he vör de Döör – un tööv op us. Wi hefft em Perro döfft, dat heet Hund op spoonsch. Un Perro leep den ganzen Nomiddag mit us mit. Wi hefft em strokelt, mit em rumspeelt – bit in de Ovend-stunnen rin. Man eenmol güng't ja doch wedder no Huus – mit'n Bus – un wi mussen usen Perro retour loten. Man glieks den annern Dag sünd wi wedder in de Binnenstadt fohrt, doch us Perro weer nich mehr dor. Viellicht hett he endlich een goden Minschen funnen, de em von de Stroot hoolt un opnohmen hett. Dat wünscht wi em. Mucha suerte, Perro, dat heet „Veel Glück".

De ole Mann

Mien Fro un ick weern ook in San Rafael, een wunnerschöne Stadt nich wiet af von de chile-nische Grenz. Glieks den eersten Dag mussen wi ja allens sehn un sünd dör de halve Stadt butschert. Gegen Klock 6 weern wi af un wullen no Huus – mit'n Bus. Us Gastgevers harrn us seggt, wi schullen Linie 14 nehmen. Tja, dat is man nich so eenfach. Bushaltesteen, Paradas, de gifft dat hier satt, man blots de Schiller sünd meist weg, de Schiller mit de Buslinien, de hier affohren doot. De hier tohuus sünd, klor, de weet Bescheed, overs wi sünd verloorn! Doch Gottloff sünd wi nich alleen. Een olen Mann steiht dor een beten in sien Gedanken un ick denk, den froogst du. Entschuldigung, äh Disculpe… Wieder koom ick nich. Oh, seggt he, Sie sprechen deutsch? Jo, dat doot wi. Mann, wat harrn wi al all leest över Düütsche in Argentinien un nu steiht hier een direkt vör us. Ich spreche auch deutsch, ein wenig nur noch. Na, dat geiht doch noch wunnerbor. Wenn sünd Se denn herkomen, hier no Argentinien? De ole Mann söcht een beten no de Wöör. In den Dreißigern. Ich komme aus der Nähe von Danzig. O jo, segg ick, Danzig kenn ick, dor bün ick ook al mol ween. Schön, seggt he, wissen Sie, ich spreche nicht nur deutsch, ich spreche auch jiddisch. Ick … ick wuss nu gor nich mehr, wat ick seggen schull. Da, Ihr Bus kommt, quatorze, die 14. Un denn geev he us de Hand un sä noch: Das Bier hier in Argentinien ist sehr gut, aber noch besser ist der Wein. Auf Wiedersehen. Hasta luego. Ja, mien gode Mann, hasta luego.

Cerveza = Beer

Dat Weer is in Argentinien een beten anners as tohuus an de Waterkant. Dat Termometer klattert meist jeden Dag up 25, foken ook up 30 Grad. Un dorum, as wi ook mol wedder annerthalv Stunnen dör een Stadt marscheert weern, klor, dor weern wi af – un dorstig. Also rin in dat neegste Strotencafé. Mien Fro bestell sick een Water un ick een Cerveza, een Beer. Tja, un wat harrn Se geern? Beer ut Düütschland oder ut Argentinien? Kien Froog, wenn ick al hier bün, denn doch ut Argentinien. Muy bien. Doch as de Ober denn wedder keem, moken wi grode Ogen. So'n groden Beerbuddel harrn wi noch nich sehn. Een ganzen Liter! Ick sä: Hefft Se nich una botella, een Buddel más pequeña, wat lütter? Nee, es normal. Salud, Prost. Du möößt em ja nich ganz utdrinken, sä mien Fro. Soveel as du magst. Un dat heff ick denn ook doon. No dree Glas weer de Buddel noch knapp halv vull. Un ick heff mi nochmol noschunken. Gerd, quääl di nich, soveel as du magst. Jo! Geiht los. As ick dat veerte Glas ut harr, weer de Buddel jümmers noch nich leddig. Mien Fro wull denn wieder. Ick sä: Kiek mol, wenn ick nu wat över loot, wat ward de Ober denn woll von mi denken? Dat ick sien

15

argentinisch Beer nich mag? Dat ick doch lever
düütsch Beer drunken harr? Dat kann ick nich
verantwoorten. Un dorum heff ick mi ook noch
den Rest inschunken – un wegneiht.

Fútbol

Wenn de Lüüd in Südamerika bi't Inkopen wat
vergeten hefft, denn is dat kien Mallöör. Dat gifft
ja an jede Eck een Kiosk, een Kiosco, wo du
meist allens kriegen kannst: Waschpulver un
Brot, Schokolood un Zigaretten, Beer un Wien.
So een harrn wi ook bi us um de Eck. Un wenn
du dor een/tweemol wat inkofft hest, denn kennst
du al bold ook den Jefe, den Chef von dissen
Kiosco. Dat is Juán. As Juán klook harr, dat ick ut
Düütschland keem, harrn wi ja ook al glieks wat,
wo wi över snacken kunnen: Fútbol. Nu is
Football hier in Argentinien nich eenfach Sport,
es religión, sä Juán. Ick sä, na, ganz so is dat bi us
nich, man 2014 bi de Weltmeisterschaft … la
copa mundial … ja, dor stund ja Düütschland ook
Kopp. Weeßt du Juán, bi't Endspeel … Argentina
– Alemania … jo, dor seet ja de halve Nover-
schup bi us in de Stuuv. Ick harr ja extra ar-
gentinschen Wien inköfft. Malbec? Jo, Malbec.

Mann, wat weer dat spannend! Sí! Muy emonicionante! Dat kann ick di seggen. Bit denn endlich, no 113 Minuten, Mario Götze allens kloor mookt hett. Sí, Götze. Un weeßt du wat, Juán, denn hefft wi mit Malbec-Wien anstött. Prost! Äh, salud! Versteihst du, Juán? Juán sä overs nix mehr un wies mi blots op de Kass den Pries för mienen Inkoop: 320 Pesos. Ick betohl un wull just tschüs seggen, dor legg he mi de Hand fast op de Schuller un keek mi scharp in de Ogen: No es fútbol, es religión. Hasta la vista! Jo, Juán, hasta la vista.

Memoria – Freeheit to'n Gedenken

Mendoza, een hunnertdusend Inwohnerstadt in'n Westen von Argentinien, is in alle Welt bekannt för den goden Wien, de hier anboot ward. Een von de velen Bodegas, de Wien-kellereen, de mööt een sehn hebben. Man hier hefft wi noch ganz wat anners sehn. Tomidden in de Stadt is de grode Unabhängigkeitsplatz, de Plaza Independencia, un as wi dor eens Morgens vörbi kemen, höörn wi Musik. Een Mann sung Leder, in de dree Wöör jümmers wedder vorkemen: Memoria, Verdad, Justicia. Gedenken, Wohrheit un Gerechtigkeit. Un denn sehn wi dat: an beide Sieden von sien lütte Bühn weern grode Stellagen opboot, all vull mit Fotos un dor över stunn: Los desaparecidos de Mendoza. De verswunnen Minschen von Mendoza. Wiet över hunnert swatt-witt-Fotos von Mannslüüd un Froons mit ehrn Noom un den Dag, an den se upmol weg weern, afhoolt, versleept un umbrocht in de Johrn von 76 - 83, as dat Miltitär dat Seggen harr, de Tiet von de dictatura. Wi weern ganz benaut un hefft us bedankt för disse unvergeten Stunn op de Plaza Independencia. Un he sä: Mit mien Leder kann ick nich veel utrichten. Ick will blots, dat de desaparecidos nich vergeten ward, un dat ick dor över singen kann, ohn bang to ween, disse Freeheit, esta libertad, de nehm ick mi. Adiós. Jo, säen wi, adiós un muchas gracias.

Arger di!

Salta liggt wiet boben in'n Noorden von Argentinien. Salta, la linda, de Schöne. Un dat is ook so. De Binnenstadt is ook wunnerschöön un just as wi ankemen, dor hett La Linda ehrn 434. Geburtsdag fiert. Man, wat weer dor loos in`t

Centro, in de Binnenstadt. Musik, Umtöög mit Peer un Minschen in ole Gauchodrachten. Wi hefft in een Café seten un us dat all mit ankeken. As wi denn ovends wedder tohuus weern, sä mien Fro upmol: Ick heff mien Brill vergeten. Ick sä: Jo, vor veer Weken in San Martin. Dat weer doch mien Sunnenbrill, nu is de Leesbrill weg. Wat? Ja, de mööt ick in dat Café up'n Disch liggen loten hebben. Also, dat kann ja woll nich angohn. Twee Brillen in veer Weken! Ja, is so. Wi foorts den annern Dag wedder hen no dat Café. Wat? Een Brill? No, lo siento! Dat deit mi leed. Ja, deit mi leed, deit mi leed. Dor kümmt de Brill ook nich von retour. Doch wat dat allerslimmste is: mien Fro kann sick över sowat nich mol argern. Is so, seggt se blots. Nee, is nich so. De Brill hett … ja, de hett ornlich een poor Euros kost – un du argerst di nich mol? Nee, dat deit se nich. Un dorbi weet se nipp un nau, dat ick mi de Pest över sowat argern kann. Doch ick glööv, dat deit se extra, also sick nich argern, denn se weet, dat ick mi denn noch mehr argern do un just dat argert mi. Egens wull ick noch een beten mehr von Salta, la Linda, de Schöne, vertellen. Annermol viellicht, wenn ick mi utargert heff.

Tango

Ne sünd wi endlich dor, wo de Tango tohuus is: Buenos Aires. Glieks an'n tweden Ovend hefft wi us ene echte Tangoshow ankeken. Klock teihn güng't los: Miguel, de Sänger in'n blauen pomode-mattglanz Antog sprüng op de Bühn: Buenos noches, Señoras y Señores!. Un he süng: Ese es el tango canción de Buenos Aires. Ja, so harr wi us dat vörstellt. Un klor, to so een Show höört ook een Danzpoor mit to: Marina un Juan, de us wiesen deen, wo de echte argentinische Tango geiht. Akrobotenarbeit. So harrn wi us dat vörstellt. Un nu güng Miguel von Disch to Disch un begrööt de Gäst: de enen kemen ut Uruguay, us Dischnobers weern Mike un Maggie ut San Francisco USA un wi, klor: Heike un Gerd de Hamburgo, Alemania. Bienvenido! Un nu de Höhepunkt: Marina un Juan söchen sick ehr Danzpartners mank de Gäst ut. Juan greep sick Maggie un Marina keek um sick to … Nee, nich mi ankieken, söök di annerseen ut, doch denn lach se: Hamburgo. Also, so harr ick mi dat nich vörstellt. Ick kann kien Tango danzen! Mann – wat mook ick nu? Hah! Ick heff eenfach mien Foot utstreckt un seggt: Mi pierna. Mien Been. Un se: Oh! Entiendo! Ick verstoh. Un nu muss

Mike ran. De harr ook nix mit sien Been, kunn overs keen Spoonsch! Un muss nu danzen! Ese es el tango canción de Buenos Aires! Hett sick doch lohnt – vörher een beten Spoonsch to lehrn.

Bockwust mit Kartuffelsaloot

Wenn du, so as mien Fro un ick, dör Südamerika reist, denn kannst du ja wat beleven. Vör all, wat dat Eten angeiht. De Südamerikoners sünd ja mächtig stolt up ehr Eten, vör all up ehr Rindfleesch. Ja, dat heff ick ja wust un bün dorum vör de Reis extra bi'n Tähnarzt ween. Rindfleesch is nix för Lüüd mit klöterige Tähnen. De mööt sitten, dat du ornlich bieten un rieten kannst. Un wenn se seht, dat di dat ook smecken deit un du ornlich tolangst, denn kümmt dootseker bold de Froog: Un wat is dat düütsche Nationoolgericht? Chucrut con cordillo de cerdo y puré? Nee, nee, Suurkohl mit Iesbeen un Stampkartuffeln, dat eet se vör all in Bayern. Nee, wi in'n Noorden wi eet ja t.B. geern Spargel. Overs de Spargeltiet wohrt ja leider nich so lang. Un Gröönkohl is een Wintereten. Ganz lecker sünd ja Rindsrouloden. Man bit ick mit mien beten Spoonsch verkloort heff, wo de mookt ward, is dat Eten koolt. Echt noorddüütsch is natürlich Labskaus, man vertell du doch mol een Südamerikoner, de Steaks eten deit, de so groot sünd as Pottdeckels, dat du Pökelfleesch mit Rode Bete un Kartuffeln dör een Wulf dreihst, dat Resultoot so utsüht as Schappi – un dat denn ook noch een Spezialität ween schall. So vele Sprookkurse kannst du gor nich moken, dat se di dat glöövt. Nee, dat noorddütsche Gericht Nr. 1 – smackhaft, günstig un ook mit Spoonsch för Anfängers licht to verkloorn is, na klor: Bockwust mit Kartuffelsoloot. Salchicha con ensalada de papas. Un dorto heff ick denn op mien Handy noch een Bild ut't Internet wiest. De hefft keken – un mi denn noch een handgroot Steak up mienen Teller leggt.

Overs Bockwust mit Kartuffelsaloot, dor loot ick jeden Rehrücken för stohn. Bockwust mit Kartuffelsoloot, dat is handfast, dor kannst du di op verloten, denn weeßt du, wat du kriggst. Dat is doch de Wohrheit. Ick heff ja al allens probeert: indisch, chinesisch, thai, sogoor vegetarisch un vegan. Eenmol sogor een 6-Gänge-Menue in een schietendüür 5-Sterne-Restaurant mit een Kellner för jeden Disch: nix geiht över Bockwust mit Kartuffelsaloot. Un de Kartuffelsoloot mutt ut'n groden Emmer komen. Von Popp. Dor gifft dat 5-Kilo-Emmer. Stell di vör:

10 Pund Kartuffelsaloot. Un twors den ganz eenfachen: Kartuffeln mit stief Mayonnaise. Aus! Koom mi nich mit: Hett mien Mudder sülvst mookt, oder: No Oma ehr Rezept. Ick will den ehrlichen düütschen Insutriekartuffelsaloot. Dor weet ick, wat ick krieg. Bi Oma und Mudder ehr Spezial weet ick doch nich, wat de dor all rinkleiht. De ut'n Emmer, den vertro ick. Dor steiht de Levensmiddelopsicht achter. Un de ut'n Emmer is ook klutenfree. Kluten heff ick dor noch nich in funnen. Bi Mudder un Oma ehrn Kartuffelsaloot is allens in, bestimmt ook Kluten. Un bi de weet ick ja ook nich, of de Eier, de se dor rinhaut, nich al lang aflopen sünd. Nix. Sowat kümmt mi nich in de Snuut. Ut'n Emmer! Ook de Bockwust: 'blots ut de Döös. Meica. An'n leevsten Meica. Wenn ick dat al höör: Heff ick vonmorgen frisch bi'n Slachter kofft. Mien Vadder weer Slachter. Ick weet, wat frisch heet. Goh mi af!
Kartuffelsaloot ut'n Emmer, Bockwust ut de Döös un dor Thomy's middelscharper Semp to, denn is för mi de Welt in Reeg. Dat heet: Hollstopp. Een Klenigkeit fehlt ja noch: Ick mach ja nich von'n Plastikteller mit Plastikbesteck eten. Is mi de Aptiet al glieks totool verdurven. Overs wenn du op'n Dom oder so wat kümmst: allens ut

Plastik. Gräsig. Eerstigmol breekt mi meist de Gobel oder dat Mest oder all beid no een tweemol Tofoten af. Oder noch slimmers: de Gobel oder dat Mest hett'n Groot. Weeßt doch, dor kiekt so Plastikspitzen rut. Knippt de in'n Finger oder noch slimmer: in de Tung. Nix. Bockwust mit Kartuffelsoloot höört op'n ornlichen Porzelloonteller mit rejell Besteck. Dat kann een doch woll verlangen.

Un denn heff ick ja noch wat vergeten: Wi hefft ja noch gor nich över dat Drinken snackt. Bockwust mit Kartuffelsoloot, dor passt ja kien Coca Cola un ook kien Rotwien to, mol seggen Baron Rothschildt Mouton-Cadet-Rouge-Bordeaux von 2013. Nee, to Bockwust mit Kartuffelsollot passt blots – na klor – dat noordüütsche Nationalgedränk: Sluck un Beer. Garantiert klutenfree. Dat is ook handfast un ehrlich. Bi Wien – ook bi Rothschildt – weeßt du doch nie so recht, wat du in di rinkippen deist. Bi Sluck un Beer büst du jümmers op de sekere Siet. Ick weer al een poormol in Frankriek un muss dor ja egoolweg Baron Rothschildt Mouton-Cadet-Rouge-Bordeaux von 2013 un noch öllern Kroom drinken. Sluck un Beer kennt de nich. Un de kennt ook kien Bockwust mit Kartuffelsaloot. Dor gifft dat Steak frites oder

Hummer oder Coq au vin. Allens schön un goot. Doch no ene Week heff ick mi sehnt na Bock-wust mit Kartuffelsaloot un bün denn ja ook glieks bi Hans inkehrt. Hans, de hett so'n Imbiss bi mi um de Eck. Sien Slogan heet: Wer Hans sien Wust nich kennt, de hett de Tiet verpennt! Un dor gifft dat 'n Porzeloonteller un echt Cromagoon-Besteck. De hett allens, wat ick mag: Kartuffelsoloot ut'n 10-Pund-Emmer, Meica-Wust ut de Döös, Thomy's middel-scharpen Semp un Sluck un Beer. Bi Hans mööt ick ook nix seggen. Ick heff mi hensett un duur nich lang, un dat Festmool stund op'n Disch. Harr ick in fief Minuten wegneiht. Denn mook ick blots so – un zack stund al de nächste Lodung up'n Disch. Denn heff ick eenmol över gohn loten, d.h. ick heff Sluck un Beer ohn Bockwust mit Kartuffelsaloot wechneiht, overs denn wedder dat vulle Programm. Dat güng so von Klock söven bit halv teihn. Dor kunn ick dat nich mehr rutkriegen. D.h. ick kunn Bockwust mit Kartuffelsaloot nich mehr seggen. Blots noch Sluck un Beer. Un dat hett Hans mi denn ook bröcht. Bit halv twölf. Un dor wurd mi opmol so flau. Ick kunn mi knapp op de Been hooln. Un do hett Hans mi froogt, of he mit mi noch achtern gohn schull, no'n Klo. Hähähähä, heff ick blots seggt un em'n Vogel wiest. Nix, nix. Dat kunn di so passen. Kummt nich infroog. Dor blief ick ja hart: Dat is betohlt, dat blifft dor in!

In der Heimat, in der Heimat ...

Wedder retour in de Heimat! Knapp söß Monaat hefft wi Argentinien, Uruguay un Brasilien bereist. Herrlich! Kannst' di vörstellen, wat dat för een Hallo weer, as wi de Verwandten un Nobers wedder dropen deen. Willkomen tohuus! Fein, dat Ji wedder dor sünd! Wat hefft Ji woll allens beleevt? Tja, dat segg man. Un as wi denn so'n beten vertellt harrn, wo wi överall ween weern un wat för Minschen wi kennen lehrt harrn, do sä mien Nover Klaus opmol: Allens schön un goot, man seggt doch mol, wat hefft Ji denn an'n meisten vermisst? Vermisst? Natürlich de Kinner un Enkelkinner ... Nee, dat meen ick nich, ick meen mehr so in't dääglliche Leven. Mien Fro un ick keken us an. Nix, wi hefft nix vermisst. Overs Klaus geev nich no: Ick heff höört, dat gifft in Südamerika gor kien Swattbroot. Un dat Beer smeckt dor ook ganz anners. Stimmt dat? Un de meisten Autos, de wurrn ja usen TÜV nich överstohn. Is dat so?

Dor hett mien Fro Klaus scharp ankeken. Nu höör mal'n beten to:

Wi hefft von de hogen Bargen in de Anden dool un in de depen Waterfälle von Iguazu rinkeken, wi hefft de Sünn in Santa Fe opgohn un in Montevideo ünnergohn sehn, wi hefft Tangomuskanten in Buenos Aires beleevt un hefft Lüüd platt snacken höört – in Pomerode, tomidden in Brasilien. Un ick heff em ook noch een bipuult: Un wenn wi wat von Swattbroot, TÜV un düütsch Beer höört, weeßt Du, wat us denn överkümmt: Fernweh! Denn kunnen wi glieks morgen wedder afreisen! Adiós, amigo!

Arbeit is dat halve Leven

Kontrolle is goot!

Vörgüsternovend – ick fohr ganz harmlos no Huus un frei mi op Fierovend – seh ick Nover Thomas an sien Auto fummeln. Wat is los? Ick bün in een Polizei-Kontrolle komen. Kiek an, to gau föhrt? Ja. Un denn hett de Udel ook noch faststellt, dat mien Nummernschildlamp un een Bremslicht twei sünd. Wat kost de Spooß? Thomas gnurr. Ick reken mit 50 €. Tja, wenn du dor man mit utkümmst. Hrr. Un dorum wullt du nu de Lampen al mol sülvst utwesseln. Ja! Typisch Thomas, giezig as man een. Ick sä, Thomas, ick bün vör een poor Doog ook kontrollert worrn. Aha. Jo, ick weer to een Wienproov inloodt. Dat is ja schön, för di. Ja, mien Fründ Heiner in Blanknees is ja so een groden Wienkenner un de harr just een neje Lodung italeenschen Rotwien kregen, un de wull he mit een poor gode Frünnen dörprobeern. Un dor büst du mit biween? Klor. Fief Buddels hett he openmookt. Klock twölf weer't, as ick wedder no Huus fohrt bün. Du föhrt? Eenmol dwars dör Hamborg? Ja. Un, stell di vör, an de Alster, dor weer opmol allens dicht. Polizeikontrolle. Kiek an, un denn? Jeden Wogen hefft se rutwunken. Di also ook? Jo, mi ook. Un denn hest du puusten musst? Un denn weer de Lappen weg, wat? Thomas, ick muss nich puusten! Worum dat denn nich? Na, ick seet doch in'n Taxi.

Blaumoken – de düütsche Winter-Volkssport

Ick wull dat eerst gor nich glöven, doch nu heff ick dat swatt op witt: Twee Millionen Düütsche willt jedeen Winter een poor Doog blau moken. Sowat heet denn: Twee bit dree Doog Sonderurlaub. Doch an'n besten sünd ja de Utreden, de de Blaumokers so infallt. „Tja, also ick will mi bi kranke Kollegen nich ansteken". Oder: „De Wintertiet, de mookt mi jümmers so melanklöterig". Un ganze drieste Lüüd seggt: „In'n Winter sünd al soveel krank, dor fallt een mehr gor nich up". Wat mookt de Blaumokers overs an de blauen Doog? Se blievt tohuus un loot sick dat goot gohn. Dat seggt mehr as de Hälft, een Drüddel hett wat in Huus oder Wohnung to

30

beschicken – molen, tapzieren un so – un fofteihn Perzent seggt: „Ick weet noch nich, wat ick moken do“. Segg mol, geiht't noch? Krank fiern, sowat wurd mi ja in'n Droom nich infallen. Wenn ick mol nich no de Arbeit goh, wat nich foken vörkummt, denn bün ick ook krank. Letzt Week weer dat so. As ick upwoken dee, heff ick glieks markt: Oh, dor kümmt een Snööf. An'n besten, du bliffst glieks liggen un meldst di krank. Nomiddoogs wurd't al beter un no'n Ovendbroot wuss ick: Nu büst du övern Barg, un dorum muss ick de Skaatrunn mit Hannes un Bernd ook nich afseggen. Annern Morgen harr ick overs 'n dicken Kopp, klor, Rückfall! Also wedder rin in't Bett. Un denn an'n drüdden Dag heff ick mi wedder no de Arbeit sleept. Is mi nich licht fullen, man ick heff de Tähnen tohoopbeten – denn blau moken, dat gifft dat bi mi nich.

De Morgen dorno

Kortens weer ick mit een poor Kollegen ünnerwegens – Arbeit – un wiel dat meist an Middernacht ran güng, hefft wi in een Hotel övernacht. Morgens Klock 9 drepen wi us denn to'n Fröhstücken – un ick keek blots in mulige Gesichter rin. Heff ick glieks den eersten links von mi froogt: Na, hest du nich goot slopen? Nee, dat Bett weer to week. Un du, froog ick nu den annern, de rechts von mi seet? Mien Bett weer to hart. De Kolleeg mi vöröver keek ook mit een suur Gesicht in den nejen Morgen rin. Un wat weer mit dien Bett? Ook to week oder to hart? Nee, ick harr een Fedderküssen. Na, dat is doch prima. Nich för mi, kann Fedderküssen nich utsohn. Dor sack ick jümmers so deep rin. Krieg ick dat Sticken. Denn seet dor noch een Kolleeg mit an'n Disch, de harr – unöversehbor – een rode Stee över sien rechte Oog. Äh, wat is mit di? Ick muss vonnacht eenmol hooch un heff kien Licht in de Bodestuuv anmookt, denn de dösige Ventilotor löppt – geföhlt – teihn Minuten no, un dorum heff ick dat in'n Düüstern versöcht – un bün in de Dusche landt. Aua! Un bi di Gerd, weer woll allens in Reeg vonnacht. Na ja, heff ick seggt, dat Köhlschapp von de Minibar is teihnmol ansprungen, ick muss bi open Finster slopen, wiel de Heizung sick nich utstellen leet un so hett mi tweemol een Krankenwogen mit sien Tatütata wook mookt un gegen Klock veer hett sogor een Viddelstünn een den Slötel an miene Döör probeert, bit he markt hett, he is verkehrt, over över socke Lappalien snackt een doch nich. Ick heff nich foken in so dösige Kollegengesichter keken. Un weeßt du, wat dat Schöönste is ja: Se heff dat glöövt, se hefft dat glöövt.

Streikrecht för all – ook för Schoolmesters

All poor Johr rullt se wedder up us to: een Streikwell in'n öffentlichen Deenst. Klor, dat geiht jümmers um mehr Geld un um dat Vörsorgen in't Öller. Wenn ick dat in de Norichten so höörn do, denn hook ick dat ünner: „Alle Jahre wieder" af. Man een lütten Satz hett mi eenmol denn doch uplustern loten: „In mehreren Bundesländern traten angestellte Lehrer in den Ausstand." Schoolmesters streikt! Mann, wat för een wunnerbore Noricht – weer dat vör 50 Johr ween. Doch as ick no School güng, dor hefft de Schoolmesters nich streikt. Weern ja noch all Beamte, un de dröövt ja nich. Wo foken heff ick mi vör Mathearbeiten wünscht, dat mien Schoolmester mol nich keem, nich komen kunn, wiel he sick so dull een opsackt harr, dat he in't Bett blieven muss. Fevers schull he hebben, tomindst 40 Grood. Man in all mien Schooljohrn heff ick dat nich eenmol beleevt. Mien Mathelehrer keem jümmers. Un dat is doch nich normol. Ick finn, just Schoolmesters mööt doch för de Kinner een Vörbild ween – un ook mol nich komen. Un twors nich blots wegen Krankheit. Dat doot se ja hüütigendoogs al, krank ween, meen ick. Man ook Streiken is een demokrotisch Grundrecht. Heff use Vöröllern lang för streden. Un von dit Grundrecht, dor kann een doch just de School- mesters nich von utnehmen. Dorum schullen all Lehrers Angestellten ween un as demokrotische Vörbiller ook streiken. Eenmol in't Johr tomindst. De Schölers ward ehr dor dankbor för ween.

Schönes Wochenende

Wat froog mien Kolleeg mi güstern nomiddag noch: Na, Gerd, hest een free Wekenenn? Un ick sä: Jo, un dor frei ick mi al op. Un dit freje Wekenenn dat füng vonmorgen ook al ganz wunderbor an. Ick bün no'n Bäcker fohrt un heff Brötchen hoolt. No't Fröhtüsck bün ick mit de Hunnen buten ween, un nu glieks fohrt mi Fro un ick to'n Inkopen. Dorno besöökt wi use Dochder un Swegersöhn un passt twee Stunnen op de Enkelkinner op, denn de beiden willt sick een neet Sofa kopen. Dor eet wi ook to Middag, woför ick an'n Wekenenn tostännig bün. Spaghetti Bolognese. Denn gau wedder no Huus, den Inkoop wegrümen. Ick mook denn noch een gaue Tour no'n Glas- un Papiercontainer, wieldes mien Fro indeckt, denn – wi hefft ja dat twede Wekenenn in'n Monaat – de Swegeröllern koomt. No'n Koffeedrinken un Kokeneten alle Mann rut in'n Park – mit de Hunnen. To'n Ovendbrooteten sünd de Swegeröllern wedder weg, denn gegen Klock acht koomt Dieter un Gisela to'n Video-kieken. Dat geiht seker bit Middernacht. Nu – geiht't nich no'n Bett – nee, ick mööt ja noch mit de Hunnen rut. Morgen köönt wi utslopen – bit Klock halv negen, denn sünd wi inloodt bi mien Fro ehr Süster to'n Geburtsdag. De wohnt in Ollnborg. Veer Stunnen Autofohrn – hen un re-tour. Bi'n Tatort slöppt mien Fro meist in. Ick bi Anne Will. Gegen Klock ölf mook ick noch een Runn mit de Hunnen, un wenn mi denn an'n Moondagmorgen in't Büro een froogt: Na, Gerd, hest een geruhsom Wekenenn hadd, denn segg ick: Besten Dank. Kunn nich schöner ween.

Plicht-Urlaub

Wenn du di de Werbung in't Fernsehn ankieken deist, denn gifft dat schien's blots een Thema: Urlaub. Frühbucherrabatte. Un jümmers wedder heet dat: de schöönste Tiet von't Johr. Un ick mööt seggen: dat is ook so. Nu heff ick overs höört, dat gifft Minschen, de dat totool anners seht. Japoners to'n Bispill. De steiht von't Gesetz her 18 Doog Urlaub to. Bi us sünd dat 29. Doch de Japoners, de nehmt de nich. De loot in'n Snitt negen Doog verfallen. Dat gifft also welk, de nehmt gor kien Urlaub. In'n Gegendeel, de mookt sogoor noch freewillig Överstunnen un loot sick de nich mol utbetohlen. Wat seggst du? So dösig much ick ook mol ween? Seggt sick so licht. Ick mööt dorbi jümmers an mien Grootöllern denken. De hefft ook nienich Urlaub mookt in ehr Leven. As ick noch Kind weer, harrn de jümmers dree Keuh to Melken un ook Höhner bi Huus un kunnen dorum ook nich wegfohrn. Un as se echt oolt weern un de lütte Landweertschup upgeven harrn, dor wullen de ook nich mehr weg von tohuus. De weern glücklich, wenn se dreemol an'n Dag wat to eten op'n Disch harrn un ovends in ehr egen Bett slopen kunnen. Dat weer för ehr de schöönste Tiet von't Johr – un de harrn se jeden Dag. Wat seggst du: So dösig much ick ook mol ween? Ick weet nich. Ick verreis geern, ganz bestimmt, Paris, New York un Rio, ick heff al wat sehn von de Welt, man ick freu mi ook jedetmol, wenn dat wedder no Huus geiht. Un denn denk ick – nich an de Japoners, de so geern arbeiten doot – nee, an Oma un Opa – de an'n leevsten in ehr egen Bett slopen hefft.

Dat Leven umstellen? Nich mit mi!

Normool ween, dat is mien Geföhl, dat will nüms mehr. Dat is out. Denn wenn ick mi in mien Bekanntenkreis so umkiek, denn seh ick blots noch Lüüd, de ehr oolt Leven op'n Kopp stellt. Kiek mol mien olen Schoolkamrood Karl-Heinz, de hett ja Johren lang bi een Bank as Anlageberater arbeit un is nu Bettenberater in een groden Möbelloden. He wull endlich mol wat Sinnvulls moken, hett he seggt. Un goot slopen is sinnvull. Hett he recht. Karin hett twintig Johr dat Leit von de Fleeschtheek in een groden Supermarkt hadd un bringt nu een Book mit vegane Rezepten för Anfängers rut. Worum dat denn? Heff ick ehr froogt. Se wull in ehr Leven nix verpassen, hett se seggt. Man wat ick gor nich begriepen kann, dat is dat, wat mien Fründ Holger nu mookt hett. De hett eenfach de Stüürn för sien Auto nich mehr betohlt – bit de Gerichtsvollzieher bi em an de Döör pingelt hett. Geiht't noch, heff ick em froogt. Ja, he wull weten, wo sick dat anföhlt, wenn een in't halvkriminelle Milieu kümmt. Mannomann, op wat för Gedanken de wecken Lüüd koomt, wenn se sick langwielt. Fehlt mi de Wöör. Gottloff heff ick sowat nich nödig. Mien Fro un ick, wi leevt ja sowat von normool. T.B. sloopt wi al siet 10 Johr in een groot franzöösch Bett, dat ick op St. Pauli bi een Stunnenhotel-oplösung ersteigert heff, wi eet al siet 25 Johr vegan Fröhstück – bit op Sönndag un mit usen Gerichstvollzieher bün ick al siet vele Johr op du un du. Nu seggt doch sülvst: Mööt ick mien Leven umstellen?

„Einmal muss es vorbei sein"

Dat seggt sick so eenfach: ‚So, nu rüüm mal fein dien Büro up. Un vergeet ook nich dat Weg-smieten. Dat Wegsmieten höört dor mit to, wenn'n up Rente geiht'. Klor, mien Fro will nich, dat ick allens, wat sick in de Johren so ansammelt hett, mit no Huus bring. Un no 30 Johr bi'n NDR hett sick wat ansammelt, dat kann ick jo seggen. Achter jede Schappdöör, ut jede Schuuvlood kickt mi disse Tiet an. Böker un Biller, Programmheften un Parteiprogrammen, Schallploten un CDs, Tietschriften un ook

Schietschriften. Un vör mi stoht twee grode Kartons: in den een kümmt de Affall rin, in den annern nich. No knapp een Stunn is de ene övervull – un bi den annern is just de Bodden bedeckt. Ick beed dat een oder anner Book mien Kollegen an. De Bildband över Pompeji geiht weg as nix, klor, bi all den Swienkroom, up den Harborger Kreisklenner von 2001 bliev ick sitten. Ick geev mi een Ruck – un smiet weg. Weg, weg un nochmol weg. Un nochmol! Weg! Ick kann dat. Ick krieg dat hen. Ick koom mi twors slecht vör, doch dat geiht. No dree Stunnen süht mien Büro ut, as weer ick een Messi. Fief Kartons heff ick vull kregen – mit Affall. Un denn nehm ick dat extra starke brune Packband in de Hand – un sluut af. Un ick mööt seggen: Dat is een wunnerbor Geföhl. As harrst du up'n Slag teihn Pund afnohmen. Ook bi den Schrievdisch geiht dat nu Slag up Slag. Doch denn finn ick wat, dat kann ick eenfach nich wegsmieten. Een Schallplatt, een Single von Heidi Kabel! De kriggt tohuus bi mi een Ehrenplatz un wenn ick denn viellicht doch mol wedder dat Lengen no de Arbeit krieg, denn legg ick de up un sing mit uns' Heidi: *Man ist so jung, wie man sick fühlt.*

Öllern. Kinner un anner Lüüd

Rentners langwielt sick doch – nich?

Mien Fründ Hannes hett noch twee Johr. Arbeit, meen ick. He kann sick dat ook noch gor nich vörstellen, seggt he. Een Leven ohn Termine, dat is doch nix. As ick em letzt dropen dee, keek he mi ook ganz besorgt an. Langwielst du di nich den Dag över? Wat för een dösige Froog. Nich so'n beten. Un wat mookst du so den leven langen Dag? Tohuus is doch jümmers wat to doon. Segg blots, du nimmst den Stoffsuger in de Hand? Noch so'n dösige Froog. Ick nehm nich blots den Stoffsuger in de Hand, ick kann ook de Waschmaschin bedenen. Nee! Ick kann ook koken! Klor, Spegeleier! Nee, Chickencurry no südoostindische Oort mit Basmatiries. Du köffst doch woll nich ook noch in? Un wedder so'n dösige Froog. Ick koop ook in, alleen, un ick bruuk kienen Spickzedel. Muss ook nich menen, dat ick wat vergeet. Mi mutt ook nüms seggen, wenn ick wedder no'n Babier mööt. Ook no'n Kusenklempner goh ick alleen. Ick koop ook ganz alleen mien Tüüg in, Hemden un Ünnerbüxen no de alllerneeste Mood. Ick weet, wenn de Blomen wedder Woter nödig hebbt, ick seh, wenn de Finster wedder putzt warrn mööt un mit'n Feudel weet ick ook umtogohn. Hannes weer baff. Ick kann ook Hemden plätten, Knööp anneihen un Schoh putzen. Ick rüüm den Geschirrspöler in un ook wedder ut, un in't Kökenschapp is al lang nich so'n Ordnung ween as nu, wo ick tohuus bün.

Mann, sä Hannes un keek mi mit grode Ogen an. Un dien Fro, mookt de ook wat?

Weeßt du Hannes, dat is endlich mol een gode Froog.

Mann un Fro

Ick mööt nu ook mol wat to dat Thema Gleichberechtigung von Mann un Fro seggen. Dor is dat ja jümmers noch nich so wiet mit her. Ick snack nich von grode Postens un Geld verdenen, nee, mi geiht dat um den Alldag. Um dat, wat een so Dag för Dag beleven deit, wenn dat um Mann un Fro geiht. De Rullen sünd dor doch noch meist överall klor verdeeelt, un wenn du dor nich mitmoken deist, denn wardst du doch al scheef ankeken. Dorum segg ick al meist gor nix mehr. Kiek mol,

kortens harrn wi Besöök un dor geev dat Frika-
dellen. De Gäst hefft ja tolangt as man wat un dorbi
hefft se jümmers mien Fro mit grode Ogen ankeken
un seggt: Diene Frikadellen, de sünd ja 1 a. Dat
Rezept much ick geern hebben. Ick heff nix seggt,
overs de Frikadellen harr ick mookt. Un weeßt ook
warum? Wiel ick dat beter kann as mien Fro. Dor
hett se ook gor kien Problem mit. Ick kann ook
beter neihen as mien Fro: Locker stoppen, Rietver-
schluss wedder inhoken un Knööp anneihen – dor
heff ick mehr Slag von as mien Fro. Ick goh ook
alleen to'n Inkopen – un vergeet nix! Meist nix.
Tomindst nich soveel as mien Fro. Blots wenn ick
dat segg, bün ick ja de grode Chauvi un Egoist, de
sien Fro dat Loff nich günnt, de sick as de grode
Zampano rutstrieken will. Doch dat will ick gor
nich, ick günn mien Fro dat Loff un de goden
Wöör, ganz bestimmt. Un dorum: wenn Ji dat
neegste Mol Frikadellen eet, denn denkt an mi –
den stillen un bescheiden Mann in'n Achtergrund.

De Brötchentest

Bi öllere Ehepoore is dat ja foken so, dat de All-
dag hoorkleen dörorganiseert is. Bi us ook. Bi
us tohuus is dat so, dat morgens för't Fröhstück

mien Fro den Disch deken un Tee koken deit, un ick back twee Brötchen in'n Heerd op. Un wenn de kloor sünd – so no teihn Minuten – denn snie ick de ook dör. De heten Brötchen snie ick in de Midde dör. Dat kann ick. Solang ick denken kann mookt wi dat so. Doch vör een poor Doog wull mien Fro dat opmol anners hebben. Ick schull ehr dat Brötchen nich mehr in Midde dörsnieden, also so, dat du een Ünner- un een Boberhäft hest, nee, ick schull ehr dat in von boben dool in lütte Schieven snieden. Wat schall ick? Ja, von boben dool in lütte Schieven snie-den, so as wenn du een Graubroot in Schieven snieden deist. Wat? Hest du dat nich begrepen? In Schieven snieden! Natürlich heff ick dat begrepen, blots wat schall dat, in Schieven snieden? Ja, denn kann ick mi lütte Happen moken: een mit Marmelood, een mit Wust, een mit Kees un so wieder. Wat is los? Siet Min-schengedenken snie ick di jeden Morgen dat Brötchen no de Längte dör – ratsch – un nu opmol is dat nich mehr goot genoog? Doch, overs ick harr dat geern anners ... So, du harrst dat geern anners! Dat kannst du hebben. Viel-licht so överdwars oder in Dreeecke. Dat krieg ick ook hen. Oh, sä mien Fro, in Dreeecke. Dat is't Marmeloden-, Kees- un Wustdreeecksbrötchen. Velen Dank. Dat du mi dör op bröcht hest. Du büst een Schatz. Och, sä ick, is doch dat Snacken nich weert. För di mook ick dat doch geern.

Männer un Navis

Mannslüüd un ehr Auto, dat is ja een egen Geschicht, dat geev ick to. Un ick geev ook to, dat Mannslüüd dor geern un foken över snacken doot – wat ehr Wogen all an Extras hett, wo gau de fohren kann un sünnerlich, um woveel Euros se den Händler doolhannelt hefft. Över den Spritverbruuk snackt Mannslüüd dorgegen nich so geern. Doch nu hefft se siet een poor Johr een neet Speeltüüg, un dat is dat Navi. Un ick finn, de höört verboden. Egens is dat ja een wunnerbore Hölp just för Lüüd as mi, de ... äh ... an Orientierungsschwäche lieden doot ... also, de sick geern mol verfohrt. Nu rekent dat Navi overs ja ook ut, to wecke Tiet du wo ankomen deist. Un dat köönt vele Keerls ja gor nich uthooln. Wenn dat Navi seggt: Ankunftszeit: 17:03, denn nimmt een modernen Autofohrer dat nich eenfach hen. Nee, dat is een „Kampfansage", disse Tiet will he, nee, mööt he ünnerbeden. Dree/veer Minuten will

he dat Navi doch tomindst afnehmen. Neue An-
kunftszeit: 16:59 – dat is de Triumph. Un dor
mutt he Gas för geven – un dat deit he. Acht dor
mol op: wenn op de Autobohn een an di vörbi-
bruust as unklook, denn is dat jümmers een, de
een helllüchen Navi an de Windschutzschiev
backen hett. Un de Fohrer kickt all um een anner
Ogenblick dor op un luurt, dat de Klock retour-
lopen deit. Un wenn nich: noch mehr Gas geven.
Un dorum: weg mit de Navis. Veel to gefährlich.
Denn, dat mööt ick hier doch mol seggen: Navis
kann een verbeden, Mannslüüd ännern kannst du
nich.

Nu is he funnen: de ideale Minsch!

Nu hefft wi dat swatt op witt: Froonslüüd striet
sick fokender as Mannslüüd. Dat segg nich ick,
dat seggt Infratest. De hefft dusend Lüüd be-
froogt, un dat weer dat Resultoot: Froonslüüd
bringt dat op achteihn Stunnen Striet in't Johr,
Mannslüüd blots op knapp söven. Dat is meist
dreemol soveel. Un bi de Froonslüüd duurt dat
Strieden ook länger. In'n Döörsnitt twintig
Minuten, bi de Keerls blots twölf. Un bi de
Froons geiht dat meist nich toeerst um de Sook,

nee, ehr geiht dat um den Umgangston. Wenn de nich stimmt, wenn de Stimm to luut un de Wöör to scharp sünd, denn ward se wild. De Umgangston is för Mannslüüd nich so von Belang. So'n beten luder un scharper, dat mookt ehr nix ut. Nee, Keerls ward vergrellt, wenn du ehr wat toseggst un dat nich inhöllst. Denn ward de füünsch. Nochmol: is nich von mi, is von Infratest. Doch dat Wichtigste kümmt ja noch. De jüngern Minschen striedt sick mehr as de Olen. Bi de jungen, de von Arbeit un Familie belast sünd un keen Tiet mehr för ehr Hobbys hefft, dor fleegt ja foken un gau de Fetzen. Eenmol de Week is Satz. Wenn du overs eerstmol de sößtig to foten hest, so as ick, denn warst du sinninger, utgeglekener, altersmilde. Un ook hier wedder de Keerls noch mehr as de Froons. Also: de ideale Minsch, dat is een Mann, de sien 60sten Geburtsdag al fiert hett. Dat is nich von mi, dat seggt Infratest. Hmmh.

Kinder an die Macht? Beter nich!

Annerletzt keem mien Jung ut Stralsund antoreisen. Mit de Bohn. Un de hett ja düchtig toleggt, de Bohn, bi'n Service, bi de Utkunft un ook in't Internet. Dor steiht allens in. Ick also even gau de homepage "bahn.de" openmookt un wat lees ick: + − 0. De Tog is akroot in de Tiet. Ick also los no'n Hamborger Hauptbohnhoff, Gleis 8, kiek up de Tofel, doch de Tog ward nich anwiest. Heff ick den Schaffner froogt, de sä blots: Technische Probleme. No'n halve Stunn keem de Tog denn endlich. Mien Jung sweetnatt.

Wat weer dor denn los? He aten deep dör:

Vör Swattenbeck bleev de Tog upmol stohn.

Un denn? Denn güng dat Lecht ut.

Un denn? Denn fullt de Klimaanloog ut.

Un denn? Denn wurd dat warm.

Tja, dat glööv ick. Un denn? Denn wurd dat heet.

Un denn? Denn keem de Schaffner.

Un wat hett he seggt? Dat harrn Kinner mookt.

Wat, de hefft dat Lecht un de Klimaanloog utstellt?

Wo schall dat denn gohn? Kinner?

De hefft een Ball up Gleise smeten, de is ünner de Lok platzt un dordör is den Strom utfullen.

Dör een eenfachen Ball? Dör een eenfachen lachhaftigen Ball! Ick weer baff un muss an Herbert Groenemeyer sien Leed över Kinner denken. Dat harr he mol in dissen Tog singen schullt.

Die Welt gehört in Kinderhände,
Dem Trübsinn ein Ende

Wir werden in Grund und Boden gelacht,
Kinder an ...
Veel wieder weer he overs seker in düssen Tog nich
komen.

Mien Deern versteiht mi nich mehr

Ick stell ja mehr un mehr fast, dat miene Kinner
mi nich verstoht. Also, se verstoht de Wöör nich,
de ick so bruken do. Annerletzt heff ick mien
grode Dochder besöcht. As ick keem, hanteer se
just an ehr Smartphone rüm un vertell mi, woveel
hunnert Leder se dor op harr un wecke se bi't
Joggen över ehrn In-Ear-Kopphörer an'n leefsten
höörn deit. Ick sä: Tja, wi harrn ja noch so'n
Cassettenspeler um'n Hals hangen un dor geev
dat foken mol Bandsaloot. Bandsaloot? Ja, wenn
de Cassett sick vertüdeln dee. Hett se nich ver-
stohn. As wi us denn in de Stuuv hensetten deen,
froog se mi, wat ick drinken wull. Och, geev mi
man een Herrengedeck. De hett mi ankeken. Ick
sä: Kööm un Beer. Ick weet, dat is een Utdruck
von Anno Toback. Von wenn is dat? Dat kümmt
ut de Tiet, as wi noch tohuus Gelsenkirchner
Barock oder Nierentische harrn, as wi Mucke-
fuck drinken mussen, dat Telefon noch een Wähl-

schiev harr, dat noch Orts- un Ferngespräche geev, in de School noch keen Fotokopierer stund, man blots een Matrizendrucker, as de Bohn noch Raucherabteile harr, Mudder ehr Ünnerbüxen noch Liebestöter heten deen, so as du mit dien Fründ tosomen leven deist, noch een Wilde Ehe weer un in't Fernsehen von af Klock ölf dat blots noch Snee to sehn geev: Sendeschluss.

Mien Deern keek mi an: Gerd, wullt du nich lever doch noch een Herrengedeck?

Smartphone, iPhone, Candy Crush

Mien Kinner hefft dat schafft. Se hefft solang quäält un doon, bit ick mien oolt Handy wegsmeten un mi nu een Smartphone toleggt heff. Gerd, dat is een iPhone, wat du hest. Kien Smartphone. Kiek an. Un wat is de Ünnerscheed? De is ... nich so wichtig. Hauptsook, du hest een. Ick finn dat ja, wenn ick ehrlich ween schall, all Höhnerkroom. Ick bruuk een Apparoot, mit den ick telefoneern kann. Goot, lütte Norichten schrieven, do ick ook af un an. Doch ick mööt nich mit mien Handy ook noch fotografeern. Doch as kortens mien lütten Enkel-söhn dat Lopen afüng, heff ick gau een poormol afdrückt. Un mien Dochder hett mi denn ook noch even wiest, dat ick mit mien iPhone sogoor Videos upnehmen kann. Mit Ton! Wat meenst du, wat mien Fro sick freit hett, as ick ehr den lütten Film wiesen kunnt, as us lütten Schieter sick – platsch – mit sien lütten Mors in de Rabatten sett hett. Un denn kannst du up so'n iPhone ja ook spelen. Solitaire, Bubbles un Candy Crush. Bi dit Speel möößt du Candies, also Bontjes, afscheten. Klingt 'n beten dösig, mookt overs een Heidenspooß. Hett 'n beten duurt, bit ick dat rutharr mit de Leven, de du hest un de du denn verspelen kannst. Un wat schall ick jo seggen: bi Candy Crush bün ick al bi Level 35. Goot, ick bruuk dat nich, ick mööt nich spelen, man ick will doch mien Kinner wiesen: Jo'e Vadder, de is nich von güstern.

Verwandtschupsverglieken

Wi hefft ja nu veer Enkelkinner, un wenn de buckelige Verwandtschup kümmt, denn geiht ja glieks dat Verglieken los. Kiek mol de lütte Jung, de is eerst twee Johr oolt un kann al ganz alleen eten. Von di hett he dat nich, Gerd, di hefft se ja mit veer Johr noch allens mit'n Löpel rinschüffeln musst. Hett dien Mudder foken vertellt. So, hett se dat? Och, Gerd, kannst du dor nich över lachen?

Nee! Un de Grode, hett mit sien söß Johr al een lütt Schipp ganz alleen ut Lego trechtklütert. Tja, Gerd, dat heet Feinmotorik, overs dat is ja een Frömdwoort för Di. To miene Tiet geev't noch kien Lego. Och, du arme Jung! Un de lütte Deern, wo fein de mit ehr veer Johr al snacken kann. Stund nich in dien eerste Tüügnis: Gerd muss sich mehr im Mündlichen noch deutlich steigern? Ja. Is dat nich to'n Scheten, Gerd? Nee, dat leeg blots an de olen Schoolmester, de hett mi tweemol wegen mien frechen Antwoorten vör de Döör schickt. Och, Gerd, un denn kiek di doch blots mol de lütte Deern an. Veer Monoot, un lacht al as so'n Honnigkokenpeerd. Gerd, as du veer Monoot weerst ... as ick veer Monoot weer, dor weer mi dat Lachen al lang vergohn. Worum dat denn? Wiel mien Verwandtschup meent hett, ick harr de Ohren von mien Vadder afkregen. Un, stimmt dat nich? Nee, mien Vadder harr Segelohren! Do heff ick dat Lachen instellt – un bün ook nich wedder anfungen!

Wenn dat Telefon mol wedder pingelt

Mien Fro un ick, wi sünd ja Öllern un ook Grootöllern dör un dör. Echt wohr. Man dat gifft ja Doog, de hefft dat in sick. So as güstern.

Klock halv acht pingel dat Telefon. Us öllste Dochder froog, of ick nich den groden Jung no de School bringen kunn, denn se muss mit de beiden Middleren no'n Dokter. Klor, sä ick, blots, worum froogst du mi un nich Oma? Ick dach, Oma kunn so lang de Lütte övernehmen, keem dat bi ehr ganz sinnig rut. Is goot, ick segg ehr dat. Mien Fro un ick also rin in't Auto un hen no use Deern. De Jung keem noch just up Tiet in de School an, un wi sünd wedder no Huus föhrt – mit de lütte Deern, is ja klor. Gegen halv teihn pingel wedder dat Telefon. Äh, dat duurt wat länger bi'n Kinnerdokter, dat Wartezimmer is bit bovenhen vull. Vör Klock ölf koom ick nich an de Tour. Mookt nix, sä ick, denn gifft dat vondogen mol wedder Nudeln mit Hackfleeschsooß. Klock een weer de Lütte endlich inslopen, un ick wull ook just de Benen hoochleggen, as us Dochder wedder anreep un froog, of wi de Deern nich gegen Klock veer wedder no Huus bringen kunnen. Gegen Klock veer? Na ja, nodem Ji den Groden von de School afhoolt hefft. Geiht klor!

Gegen Klock söven weern wi endlich wedder alleen tohuus un harrn dat Ovendbroot up'n Disch, as dat Telefon nochmol pingeln dee. An de Nummer kunn ick sehn, dat weer us Dochder. Och, Manno! Denn goh doch eenfach nich ran, meen mien Fro. Wat? Un se mööt anner Lüüd um Hülp frogen? Nix! Sowiet kümmt dat noch!

Geld schenken is nich so eenfach!

Mien grode Deern hett ja nu bold Geburtsdag. Se nullt mol wedder. Un dor heff ick dacht: Loot di nich lumpen, Gerd, griep mol een beten deeper in de Tasch. Nu wull ick ehr ja dat Geld nich eenfach so överwiesen, dat hett ja keen Oort. Un mit de Post schicken, eenfach so in'n Breef, meen ick, dat schall een ja ook nich doon. Is sogor verboden. Dat höört nich to den Beförderungs-verdrag von de Post, as dat heet. Dorum heff ick dacht, ick mook eenfach een Kopie von den Geldschien un denn schriev ick dor ünner: Mien Deern, günn di doch mol wedder een schönen Ovend mit dien Leevsten bi'n Italiener. Beste Gröten, dien Vadder. PS: Geld geev ick di in bor, wenn du mol wedder up Besöök kümmst. Nu heff ick ja tohuus so'n hochmodernen Kopier-Scan-un-Fax-Apparot. Also rup mit den Geldschien up de Glasschiev un „Kopierer Start!". De Maschin kriggt ook fein dat Ruckeln un Rattern un denn kümmt ook al dat Papier ünnen rut, blots ... von den Geldschien is dor blots de böberste Striepen up. Goot, noch mol up Start drückt – dat sülvige Spill. As wenn he dat nich will, disse dösige buckige Kopierer. In't Internet heff ick denn rutfunnen, dat all Kopierers dat nich doot, nich köönt. Dat liggt an de EURion Konstellation. Dat sünd fief Punkten up jeden Geldschien, de den Kopierapparot seggt: Hollstop! Nu ward't illegal! Tja, Schiet, un ick harr mi dat so fein överleggt mit den Geldbreef. Denn överwies ick ehr even doch de 20 €.

Kind vom Lande – een Leven lang

Een Fründ hett mi kortens een lütt Book schunken, dat he up'n Flohmarkt funnen hett: *Psychologie des niederdeutschen Landkindes*. Rutkomen 1957. Dor weer ick fief Johr oolt. Un ick bün een Landei. In dit Book ward Stadt- un Landkinner vergleken. Dor steiht t.B. in, dat Landkinner düütlich naiver sünd as de ut de Stadt. Dat liggt dor an, dat wi Landkinner tomeist in grode Familien upwasst, de us vör Arg un Noot bewohren doot. Upklärt ward Landkinner normolerwies ook nich, hett de Schriever rutfunnen. De kiekt sick allens bi't Veeh af. Tja, de Mann hett recht. Un wi sünd eenfacher, wat den Umgang mit'nanner angeiht. Liek ut, un wenn't ween mutt, ook al mol 'n beten groff. Un dorum is ook moderne Kunst un klassische Musik nix för us. Marschmusik un Postkorten, dat mutt langen.

As ick dat leest heff, is mi wat infullen, wat ick glieks no de School beleevt heff. Ick wull weg von't Land un rin in de Stadt un dorum bün ick no Marburg an der Lahn to'n Studeern trocken. De eersten beiden Semester heff ick bi een öllere Dame wohnt. Un as ick denn uttrecken dee, wiel ick mit anner Studenten in een WG wohnen wull, dor weer se ganz trurig. Se much mi lieden. Dör 'n Tofall heff ick höört, wo se dat ehr Noversche vertellen dee. „He is kien slechten Jung", hett se seggt, „blots dat Fiene, dat will dor nich rin".

Tja, wo schall dat ook woll herkomen, wenn du as „niederdeutsches Landkind" up de Welt komen deist. Dat blifft – dien Leven lang.

Besinnst du di?

Wenn dat um dat Besinnen geiht, denn bruukt wi foken Hülp. Ick meen, wi boot us sülvst geern Eselsbrücken. Dat süht denn so ut: 1983 is ja use eerste Deern to Welt komen. Ja, dat Johr harrn wi so'n wunnerboren Sommer, seggt mien Fro, un wi kunnen ehr glieks mit een Kinnerwogen dör'n Stadtpark schuven. Weet ick noch genau. Nu gifft dat overs ook Lüüd, so as mien Cousine Birgit, de fallt bi sowat jümmers blots Katastrophen in. 1983? Hah, dor is doch Klaus so gräsig mit sien Auto malöört. Horner Kreisel. Em is ja nix passeert, overs sien Wogen weer Schrott un dorbi is de anner em doch rinföhrt. Dat güng ja sogor vör Gericht ... Birgit, is al goot. Denk doch lever mol positiv. Positiv? Do ick doch. Möößt mi blots utsnacken loten. Klaus hett ja vör Gericht ook Recht kregen. Sühst woll, geiht doch. Un dat Auto wurd ja ook vullstännig repareert. Na, kiek an. Doch dorno harr de Motor jümmers no veertig Kilometers so Utsetters. Nee! Doch, de ole Koor bleev denn eenfach stohn. Wo foken hefft wi dat dösige Fohrtüüg afslepen musst. Nich to tellen. Ick sä: Worum hefft ji jo denn kien anner Auto köfft? Hefft wi ook, twee Johr loter. Jo, sä mien Fro, dor is ja use twede Deern to Welt komen. Weer ook wedder warm. Ach, wenn ick dor noch an denk. Un ick mööt dor an denken, dat ick mi dat Johr ja tweemol den Arm broken heff. Weet ji dat noch? Birgit, sä ick, wo kunnen wi dat vergeten? Use grode Deern kunn do ja al snacken un hett jümmers seggt: Birgit hett den Arm kaputt, taralalala. Ohhh! De is upsprungen un weg. Mann, Gerd, sä mien Fro, Birgit hett de Snuut nu vull. Du hest wat vergeten, sä ick. Un wat? Tralalala.

Noch in't Leven oder ook al doot?

Ehrlich geseggt: mi langt dat! Nu heff ick just mien'n 60sten Geburstdag fiert – vör'n poor Johr – flattert mi nich jeden tweden Dag so'n dösigen Breef in't Huus: Sorgen Sie jetzt vor. Ihre Familie wird es Ihnen danken. Nich klor, worum dat geiht? Um dat Sterbegeld. Um Sterbegeld-Vorsorge. Un dat heet: Ick schall een Versekerung afsluten, dat mien Familie mi, wenn't sowiet is, ook ornlich ünner de Grund kriegen deit. Fang ick nu an mit't Betohlen, denn mööt ick noch dree Johr dörhooln, eerst denn ward dat Sterbegeld utbetohlt.

Ick kann blots seggen: Noch leev ick! Un dat schall ook geern noch een beten so blieven!

Doch nu Spooß bisiet: Ick weet ook, dat so'n Dodesfall Familien nich blots in Truer, nee, ook in grode Geld-Verlegenheit bringen kann. Un wenn denn – in'n Eernstfall – unvermodens de

Kinner bi't Oprümen so'n Verdrag findt, denn is dat keen Troost, overs doch een Hülp, de al gelegen kümmt. Weet ick allens! Un doch will ick liekers so'n Versekerung nich afsluten. Un dat heff ick ook al mit mien Kinner besnackt. Ick heff ehr seggt: Wenn't sowiet is, denn köönt Ji doch all tohoopsmieten. Mi langt ook een ganz slichte Kist – von'n Sargdiscounter. Un achterher Koffee, Botterkoken un een/twee Glas Cugnac för de Truergäst. Basta!

So is dat afmookt. Un wenn dat denn doch eens Doogs no Ohlsdorf geiht, wat schall op dien Graffsteen stohn? wullen mien Kinner noch weten. Äh, schrievt doch:

Du steihst noch hier, ick bün al weg,
bi di kriegt wi dat ook noch trecht.

Hest keen Brill? Denn söök man!

As ick Kind weer, heff ick mien Opa ja foken targt. Ick heff sien Brill versteken, denn ick wuss ja, dat he ohn Brill totool opsmeten weer. He hett denn vörsichtig dat Sofa aftast, hett ganz sacht de Zeitung hoochhoben un is toletzt sogoor noch op'n Klo ween, doch narrns weer de Brill to finnen. No'n knappe Stunn harr ick denn een

Insehn un heff ropen: „Opa, hier is dien Brill. De leeg in't Brootschapp." Un denn hett Opa mi meist een Föfftigpennstück in de Hand drückt – as Finnerlohn. Nu drääg ick ja sülvst al siet een poor Johr een Brill un weet nu ook, wo Opa sick föhlt hett, wenn de Brill opmol weg weer. Denn güstern is mi mien Brill doolfullen un batz weern de Glöös twei. As een Mullworp bün ick dör de Wohnung stokelt, doch denn fullt mi wat in. In'n Keller steiht noch een urolen Kuffer mit allerlei Klöterkroom ut Opa sien Wohnung un dor höört ook sien ole Brill mit to. De heff ick funnen un opsett un kunn wedder sehn. Doch as ick nu in'n Spegel kieken dee, harr mi ja meist de Slag dropen. Ick seeg mi mit een AOK-Kassenmodell ut de sösstiger Johrn. So een Hoornbrill harrn Heinz Erhardt un Robert Lemke domols op! Unmööglich! Will blots hopen, dat mi nüms so sehn deit. As ick so in'n Brillenloden ankeem, mook de Optiker ganz grode Ogen: „Dat is ja mol een cool Gestell. Echt Retro. So wat ward al mit fiefhunnert Euro hannelt." Doch ick sä blots „Deit mi leed, disse Brill hett mien Opa mi verarvt un is dorum nich to verkopen. Tomindst nich för 500 €."

Fotos moken – Rullfilm oder mit'n Handy?

Ick bün ja al jümmers so'n Hobby-Fotograaf ween. As lütten Jung harr ick al so'ne Rullfilm-kamera – för swatt-witt Fotos. Un ick harr een Oog för pläseerliche Snappschüsse. Sünnerlich bi Familenfiern leeg ick ja regelrecht op de Luur – un harr den Finger op'n Knoop. So heff ick den Ogenblick för de Ewigkeit fasthooln, as Unkel Hemmann bi de Reed op sien Golln Hochtiet bi dat Woort „Proost" – dat Gebitt rutflogen is. Dat weer ja ook ganz eenfach: disse olen Rullfilm-apparote weern jümmers scharp. Dörkieken un afdrücken. Goot, dat Entwickeln in so'n Foto-labor hett duurt – un vör all Geld kost. Dat is ja bi de modernen digitalen Spegelreflexkamera anners. Op de lütte Kort kann ick een poor hunnert Fotos opnehmen un sülvst op'n Computer bearbeiten. Standepee un to'n Nullatrif. Blots, een Hoken hett de Sook. Digital heet nich gau. Letzt op de Sülverhochtiet von gode Frünnen, dor weer ook so een wunnerbor Motiv dorbi. De Sülverbruut harr sick bi den Sekt versluukt un muss sick worgen. Denn kümmt ja mien Jagdinstinkt dör. Ick mien Digicam herkregen un – nee, nix mit klick un rin in'n Kassen. Dat Dings stellt sick sülvst scharp un twors jümmers mit so'n fttt-ftt.

Autozoom, ffft-ffft. Un dat duurt. As mien Appa-
root endlich sowiet weer, harr sick de Sülverbruut
al wedder fungen, dat Kleed weer al wedder rein,
un se order al een neet Glas Sekt. Overs wat mi
an'n meisten argert hett: mien Söhn hett de
wunnerschöne Schauspeel – von Versluken, över
Worgen bit to't bittere Enn mit sien Handy op-
nohmen – as Video. Sien Handy hett 69 € kost un
miene Digicam … Also, gerecht is dat nich.

De Lüüd, de Lüüd

Mien Vadder hett jümmers to mi seggt: Gerd, du
musst de Lüüd so nehmen as se sünd, anners
wecke gifft dat nich. Ja, mien Vadder, de kunn
klook snacken. Ick kann nu mol Lüüd nich utstohn,
de t.B. in een Restaurant jümmers dat sülvige
bestellt. Mien Fründ Heiner, de geiht ja blots no'n
Italiener. Worum? Wiel he dor Pizza funghi, Pizza
mit Champignons, bestellen kann. Un ick seh dat,
de Champignons koomt jümmers ut de Döös. Un
dat mookt em noch nich mol wat ut! Ick kann ook
Lüüd nich utstohn, de bi us to Besöök koomt, mi in
de Köök stohn seht, wiel ick dat Eten noch nich
ganz klor heff, un denn to allereerst frogen doot:
Na, Gerd, köönt wi di wat helpen? Jo, dat köönt ji:

Sett jo hen un drinkt wat. Wi kunnen ja al den Disch deken. Jo, dat kunnen ji, schöölt ji overs nich. An slimmsten sünd overs Lüüd, de jümmers so dösig nofrogen doot. Du segg mol, Gerd, hefft ji dat Huus egens al afbetohlt? Oder: As dien Unkel sturven is, hest du dor egentlich ook wat arvt? Un toletzt: Wo oolt is egens dien Auto? Teihn oder twölf Johr? Se kennt de Antwoort nipp un nau, man se willt frogen. Se willt mi quälen. Un dorum, wenn mi socke Lüüd as Heiner un Consorten mol wedder in't Huus koomt, denn segg ick: Vonovend gifft dat Eten in'n Stohn: Pizza funghi ut de Iestruhe. Kiek an, lecker, overs worum in'n Stohn? Dat ji mi nich dat ganze Möbelmang vullkleihen doot, dat is twors al twölf Johr oolt, man jümmers noch nich afbetohlt.

Tant Else

Tant Else, de weer dat swatt Schoop in us Familie. De much nüms lieden. Dorum harr se ook bi us kien Nomen. All snacken von ehr blots as „Dat Minsch". Sünnerlich mien Opa kunn un kunn ehr nich up`t Fell kieken. Se is ja dree Johr mit sien Broder verheiroot ween, un denn is de sturven.

„Se hett em dootargert" – hett Opa jümmers wedder seggt. „Dootargert hett dat Minsch em, as all ehr annern Keerls ook."

Tja, dat weer al gediegen mit Tant Else. Veermol is se verheiroot ween un all veer Keerls sünd meist so no dree Johr dootbleven.

Tant Else keem ja to all Familienfesten – un dorbi harr ehr nüms inloodt. Se hett dat ook so rutkregen. Un denn weer för Opa de Dag lopen. Wenn he ehr al den Weg no sien Huus hochsteveln seeg, denn ... denn kunn he füünsch warrn:

„Dor kümmt dat Minsch al wedder. Se hett mien Broder up`n Geweten."

Un denn hett he ehr nich mol de Hand geven. Doch Tant Else weer dat schiens all egool. Hauptsook, dor keem ornlich wat up`n Disch. Ja, an goot un rieklich Eten, dor harr se Vergnögen an, ook wenn se foken ganz alleen in´e Eck seet. Dat hett mi overlangs leed doon, un dorum heff ick ehr männigmol Gesellschaft leist. Un bi so`n Gelegenheit is mi klor wurrn, worum de Mannslüüd ehr all wegsturven sünd.

Tant Else, de weer bi`t Eten in ene Tour an`t vertellen – över`t Eten.

„Gott, wat is dat Fleesch toh, krieg ick ja mit mien Gebitt gor nich twei. Un de Kartuffeln, de sünd ja ook twee Minuten to fröh ut`n Pott komen. Gerd, wat gifft`t egens to`n Nodisch? Segg nich al wedder Ies. Ies hefft wi up Oma ehr Beerdigung eerst hadd, dat kann jo ook woll mol wat anners geven. Lang mi mol even de Arfken röver."

Un denn dee se sick to`n drüddenmol Arfken up, neem noch een Stück Fleesch un natürlich ook noch twee Kartüffen. Un nu güng`t los: mit ehr Govel weer se nu de ganze Tiet dorbi un sorteer allens. De Arfken schoov se von de linke in de rechte Eck. De Kartüffeln von ünnen no boben un dat Fleesch wurd umdreiht. Nu de Arfken von rechts no ünnen, de Kartüffeln von boben in de Midden un dat Fleesch von de Midd no boben. Un denn dat ganze nochmol annersrüm. Tja, un do wurd mi dat klor: dat mook se ja jeden Dag so – dreehunnertfiefunsößtigmol in`t Johr. In dree Johr weern dat denn al över dusendmol – nee, dat höllt ja ook de starkste Keerl nich ut – un dorum Opa harr recht: dat Minsch hett se all dootargert, un ick weet nu ook womit: Mit de Govel.

Ick will ja nich klogen

Sommerklogen

Ick kann dat nich mehr höörn, disse Stöhneree rund um mi to: Ohh, wat is dat warm, nich uttohooln, disse Bruddigkeit, ick mööt al sweten von't Nixdoon un nachts krieg ick kien Oog dicht. Wenn dat doch blots mol afkööln wull. Treckt denn een Unweer up un dat blitzt, dunnert un plattert, is dat ook nich recht. Mi ward jümmers so bang bi Gewitters, un dat hett ja goten as ut Emmern. All miene Blomen sünd hen. In de Büros is dat nich anners. Een Stöhnen un Klogen. Un denn ward de Ventilators ansmeten. Jaja. Gode Idee. Loot di mol een poor Stünnen von de Siet den Wind an'n Kopp puusten. Resultoot: Snööf un stiefen Nacken. Ja, dat is so in'n Sommer: dat is warm, heet sogor. Un dor schullen wi us över freien. Oder schall wedder jeden Dag in'n Rodio dat Leed von Rudi Carell lopen: *Wann wird's mal wieder richtig Sommer* ... Nee, dat Leed will ick nich höörn. Un weest doch mol ehrlich: Ji luurt doch ook, so as ick, ovends vörn

Fernseher up nix mehr as up den Wedderbericht in de Tagesthemen. Un wenn us denn Sven Plöger vertellt, dat wi hier in'n Noorden endlich mol Sünnenschien un 28 bit 32 Grood hefft un in'n Süden een Tiefausläufer för Storm, Hogel un nich mehr 22 Grood sorgt, denn lehnt us doch mit een Grientje trüch un denkt: Endlich denkt Petrus ook mol an us.

... mit Sonnenschein von Juni bis September ... is doch een schön Leed.

De Shampoo-Buddel

Wi sünd ja mol wedder in Spanien ween. Granada, Alhambra, 25 Grood un blauen Heben. Weer wunnerbor – bit op de allerletzen Momang. Op den lütten Flughoven, de Aeropuerto von Granada, geiht dat nich veel anners to as wenn du in Hamburg losflegen deist, d.h. Inchecken, Kuffer opgeven un denn dör de Security. D.h. Jack uttrecken, Armbanduhr afnehmen un tosomen mit den Rucksack in so'n lütte Wann leggen – un de glitt denn sinnig dör den Röntgentunnel. Bi mien Fro un mi weer ook allens okay, blots bi de öllere Fro achter us geev't Alarm. Se harr in ehr Handtasch een Buddel Shampoo – rinpackt, vergeten, wat weet ick. Un dat geiht ja gor nich. De Señora von de Security heel ehr den Buddel vör de Nees. De höört in'n Kuffer, nich in de Handtasch. Un denn güng se al mit den Buddel op so'n grode blaue Mülltunn to un wull em entsorgen. Un do füng de ole Fro an to blarren – un bee de Beamtin, dat nich to doon: Por favor, por favor. Geev mi den retour! De is för mien Dochder. Doch de Beamtin schuddel mit'n Kopp: No! Un verkloor ehr wat von Vörschriften un Sekerheit. Un denn wies se op een Loden direkt vöröver, wo dat just socke Shampoobuddels to kopen gifft. Un dat kunn de ole Fro nu gor nich verstohn. Worum kann ick denn nich just so goot mienen olen Shampoobuddel retourkriegen? Por favor! Doch nee: Vörschrift is Vörschrift. Aristoteles hett mol seggt: Was es alles gibt, das ich nicht brauche. Den Shampoobuddel hett he dor nich mit meent.

Flegen un beoordelen

Wi hefft ja dit Johr Urlaub up Teneriffa mookt. Jeden Dag 30-33 Grood, een lichten Wind, boden in'n Atlantik. Achterher Dintenfisch eten un Insel-Wien drinken – Herrlich! Blots de Flegeree weer een beten nervig. In use Internet-

Portal hefft wi kienen direkten Fleger mehr kregen, wi mussen in Amsterdam un Madrid umstiegen. Op beiden Strecken. Is nich schön. Fief Stunnen flegen un söß Stunnen töven. Besten Dank. Un nu krieg ick een E-Mail von mien Internetportal: Ihre Meinung ist uns wichtig! D.h. een schall een Oordeel afgeven över den Flegeree, von dat Chec – In över dat Sitten bit hen to dat Eten. För all dat schasst du Noten vergeven – von 1 – slecht – bit 5 – wunderbor. Heff ick doon. Allens goot. Overs denn keem ja noch de Froog no de Pünktlichkeit. Hahh! De Fleger von Teneriffa no Madrid, dat güng ja noch – 20 Munuten to loot – man denn: ene ganze Stünn to loot von Madrid no Amsterdam un denn nochmol een dreeviddel Stünn von Amsterdam no Hamborg. Dor kann ick doch blots seggen: 1, slecht. Nee 1 minus. Geiht gor nich. Ick heff betohlt, denn schall dat ook pünktlich losgohn. Op de anner Siet weer dat so, sä de Kaptain, this is the captain speaking, dat wi op Passagiere ut Wien un Rom töövt hefft, de wegen Storm un Nevel fastseten un an den Dag gor nich mehr wieder komen weern, un dat heff ick ook al mol hadd un weer dankbor, dat ick domols den letzten Fleger no Hamborg so even un even noch kregen heff. Un dorum, mien leve Internet-Portal: för ditmol loot ick dat noch dörgohn un geev 'n veer: überdurchschnittlich. Weer't ja ook. Overs: ick kann ook anners.

Eva

Seggt mol: Kennt Ji Eva Tomei? Ick ook nich, overs, de wull wat von mi. Ick fang mol vörn an. Ick weer mit een poor Frünnen för dree Doog in Budapest. Dor hefft wi in een Hotel wohnt, een ganz normal Middelklasse Hotel. Enen Dag hefft wi us de Stadt ankeken un koomt ovends gegen Klock acht wedder retour un wullen us nu för dat Budapester Nachtleven een beten upchicken. As ick nu mien Hotelkomer opensluut, liggt dor een Zedel: Een Anroop för Zimmer 816. Dat bün ick. Eva Tomei wants to see you. Eva will mi sehn. Mehr nich. Kien Telefonnummer. Ick weer baff. Eerstigmol kenn ick kiene Eva Tomei un wo schall de her weten, dat ick op Zimmer 816 wohn? Dat weet doch blots mien Frünnen – un de Keerl an de Hotelrezeption, bi den ick incheckt heff. Un nu check ick dat: Bi't Inchecken markt de sick foorts, wenn een Keerl alleen inchecken deit un denn schickt he een lütte Noricht an Eva, un de checkt af, of se den Ovend Tiet hett un denn geiht dat över em wedder an Eva retour – nu denn kann't ja noch recht komodig warrn. Nu check ick dat. Ick heff mi natürlich nich meldt. As ick wedder tohuus weer, keem mi een Idee: ick heff Eva Tomei in't Internet googelt un wat see ick: Se is een italieensche Fotogrofin, bekannt för ehr in- un utdrucksvullen Swatt-witt Fotos. Un dat heet denn ja: Ick bün ehr bi usen Stadtrundgang upfullen, un se is mi bit in't Hotel nolopen. Nu begriep ick dat. Man, wat harr ick mit Eva Tomei för een wunnderbore Nacht in Budapest verbringen kunnt – so oder so.

Op Reisen

Wat Du op Reisen so beleevst, dor musst du egens nochmal dat dubbelte Geld för henleggen, wat de Reis … ick meen, nich noch tweemol soveel … eenmol mehr … wat ick seggen will: di ward Soken boden, de mit Geld nich to betohlen sünd.

Wi weern kortens in Irland un hefft dor een Busrundtour mitmookt. De eerste Dag weer Ankomen in Dublin, Inchecken un Guinnness drinken mit echt irische Folklore, weeßt doch: *An der Nordseeküste...* Den tweden Dag güng't ja los. Rin in'n Bus un rut op't gröne Eiland. Knapp weern wi losfohrt, wurd dor een Fro achtern in'n Bus ganz zappelig. „Is dat egens mien Bus hier?" Nee, dat ganz seker nich. De höört een irische Firma to. „Dat meen ick doch nich. Ick will weten, of dat hier miene Tour is. Irland für Anfänger." För Anfängers? Nee, hier is Irland för Entdeckers. „Dat geiht doch nich. Worum hett de Reiseleiterin de Nooms nich vörleest, denn weer ick gor nich eerst instegen". Doch, instegen woll, overs glieks wedder ut-stegen. „So geiht dat nich. Se harr de Nooms vörlesen musst. Bi't eerste Mol ward jümmers de Nooms vörleest. Wat is dat denn för een Tour hier?" Irland för Entdeckers. „Jo, dat weet ick, un ick bün bi" ... Irland för Anfängers, dat markt wi al lang. Hahaha. Kort un nich goot: wi mussen kehrt moken, retour no't Hotel un heff dor de Anfängerin wedder afsett. Blots ehr Bus weer natürlich ook al lang weg. Anfängerpech. Ja, blots, wenn ick ehrlich bün, mien Fro un ick, wi sünd ook eenfach so in den eersten Bus instegen, de dor vör't Hotel sünd – overs dat weer de rechte. Ja, Entdeckerglück.

Segg mi eerst, wat du hest ...

Forsa – dat is ja een von de ganz groden Ünner-
nehmen, wenn dat um Umfrogen geiht. Wat forsa
rutkriggt, dat hett Hand un Foot, seggt forsa. Nu
hett forsa wat rutkregen, dat hett mi umhaut: „Bei
der Partnerwahl schauen viele Deutsche ihrem
Gegenüber nicht nur ins Gesicht, sie interessieren
sich auch für den Umfang der Brieftasche.
Gerade Frauen gehen gerne auf Nummer sicher".
Mann! Ick dach, disse Tieden weern lang vörbi.
Ick kenn ja sowat noch. Een Buur in mien Hei-
matdörp, de hett mi, as ick Jungkeerl weer, an de
Siet nohmen un seggt: „Gerd, wenn di mol een
Deern övern Weg löppt, de di gefallt, denn hest
du jümmers een 50-Mark-Schien in de Tasch, un
du froogst: Wat künd diene Öllern?" Ick heff
dacht, de hett se woll nich all. Nich veel loter is
mi denn een Deern övern Weg lopen, von de ick
dach, nee, von de ick wuss, de is't. Un denn heff
ick ehr inloodt to'n Eten. Weer een wunner-
schönen Ovend, wi hefft eten, över dit un dat
snackt, doch nich över ehre Öllern. Dat harr ick in
mien Verleevtheit ganz vergeten. Doch as dat an
dat Betohlen güng, dreep mi de Slag: ick harr den
50-Mark-Schien vergeten! Ick seet dor un harr
nix. Ick weer blank! Wat schull mien Deern nu

von mi denken? Een Fründ, de nix hett, de al bi't eerste Rendezvous nich betohlen kann? Man se hett blots lacht – un ehr Knipp ruthoolt. Een halv Johr loter hefft wi us denn verloovt un bold ook heiroot. Tja, veertig Johr is dat nu her. Wat forsa rutkriggt, dat hett Hand un Foot? Mien Fro hefft se op jeden Fall nich befroogt.

Mein kleiner Hausfreund

Wullt du Appeln inlogern oder Quitten, denn wickelst du de enkelt in Papier un leggst de week af, an'n besten op Torfmull. Zitronen dorgegen hoolt sick an'n besten in Hövelspönen frisch un för Arfken is dat an'n besten, wenn du dor een beten Solt bi geven deist.

De een oder anner von jo mag nu woll frogen: wo snackt de Keerl egens von? Appeln, Zitronen un Arfken, jo, de kenn ick, Quitten amenn ook noch, man wat is Torfmull un wat sünd Hövelspönen un wo krieg ick de her? Tja, ick heff bi't Oprümen een Book funnen, wo all socke Tipps instoht: Mein kleiner Hausfreund. Wenn dat genau rutkomen is, steiht dor nich in, man dat mööt so Anfang de 50er Johren ween hebben. Un wenn ick dor in lees, denn mark ick, wo dull sick use

Leven so verännert hett. Froog mol junge Lüüd, wat een bi't Footboddenbohnern to bedenken hett – Nopoliern eerst an'n neegsten Dag – oder wo een Gold rein moken deit – mit Zigarrenasch – un wenn schall een bi Waschen dat Wäscheblau tosetten – eerst bi't letzte Spölen. Tja, Bohnerwass, Zigarrenasch un Wäscheblau? Vergeten un vergohn. De mehrsten Tipps in dit Book koomt ja ut een Tiet, as dat noch keen Köhlschappen geev, keen Stuffsugers un ook keen Waschmaschinen. Wat? Schöne gode ole Tiet! Denn bedenk noch dit: För veel Familien weer dat domols normol, dat dat Klo buten weer. För de Nacht geev dat Nachtgeschirr. Un dat hett een an'n besten mit heet Spinatwater reinmookt. Overs pass op: dat mookt blubb!

Resteessen

Mien Fro un ick, wi sünd ja nu alleen. All Kinner ut'n Huus. Dat is al gediegen. Vör all, wat dat Eten angeiht. Wi kookt jümmers noch toveel. Doch de Reste eenfach so wegsmieten, dat gifft't ja nich. Rup dor mit op'n Teller, Folie dor över un rin in't Köhlschapp. Dat kümmt denn, nee, nich glieks an'n neegsten, overs no twee Doog wedder op'n Disch. Resteeten – lecker! Letzten Moondag hefft wi Lebber hadd un ene Portion in't Köhlschapp verwohrt. Deensdag geef't Goulasch mit Nudeln, ook dor is ene Portion bi över bleven. Middeweken harrn wi so Lust op Fisch. Hefft wi ook eten – Rootbarsch – un dor bi ganz de Lebber un dat Goulasch vergeten. Donnerdag hefft wi an de Reste dacht, man de Lebber weern leider nich mehr goot un op Goulasch harr nüms von us Aptiet. Na ja, ick harr ja ook Gröönkohl kookt- mit Pinkel un Kookwust, versteiht sick. Freedag weer leider dat Goulasch ook al umkippt un Freedag Fleesch, dat kümmt gor nich infroog. Dat geev Lachs mit Soltkantüffeln un een lütten Saloot. Vondogen kunnen wi egentlich den Rest von den Gröönkohl vertehren, man wi willt glieks noch in so'n groot Möbelkoophuus un een neet Sofa utsöken, un dor gifft dat ja jümmers ganz lecker Eten för ganz lütt Geld. Un för morgen heff ick dacht, dat wi mol wedder Wild eten kunnen. Tja, deit mi ja leed um den Gröönkohl, man Sünndag is Sünndag. Overs neegste Week blifft nix över, dat steiht fast. Nee, bi us um de Eck hett een niegen Chinesen opmookt un bi den gifft allens to'n halven Pries. Man de anner Week eet wi denn wedder tohuus – un ick frei mi nu al op dat Resteeten.

November-Blues

De November is ja een ganz gediegenen Monoot.
Dor kriegt ja veel Lüüd den November-Blues.
Sünd blots an't Klogen un Quaken, an't Nörgeln
un Quesen. Wenn ick dat al höör: Oh, wat is dat
koolt buten. Minschenskind, wi hefft Enne
November. De Sommer is vörbi.
Un denn dat Gestöhne över den Verkehr, de velen
Bosteen un de Staus. Mann! Wenn dat koolt ward,
denn breckt de Bequemlichkeit dör. In't Auto is
dat binnenkort muggelig warm, an de Bushalte-
stee oder op'n Bohnhoff fleut nu mol een kolen
Wind – November. Un dorum sünd de Stroten
vull. Is so. Doch dat Slimmste is ja dat Gejammer
wegen Wiehnachten. Heff noch kien Geschenk,
mi fallt ook nix in. Blots noch veer Weken. Hah,
in veer Weken is Wiehnachten vörbi. Denn steiht
al dat Umtuuschen an.
As ick al sä, disse Klogeree geiht mi op de
Nerven. Ick goh dor ja anners mit um. Ick mag
dat ook geern mollig warm hebben, un dorum
fohr ick ook foken mit't Auto no de Arbeit, geev
ick to. Man ick arger mi nich över de Staus jeden
Morgen. Nee, denn nu heff ick ja endlich Tiet un
kann mi överleggen, wo ick miene leve Familie
dit Johr woll mit beschenken kann. Ja, ick heff

miene Geschenkelist al klor. De Kinner kriegt Geld un mien Fro – nix – denn dat hefft wi so afmookt. Tja, November-Blues – för mi kien Thema.

Gröönkohl un Kassler

De Wintertiet is ja för mi een harte Tiet. Överall gifft dat Gröönkohl – un ick mag so geern Gröönkohl. Un dorto denn Kookwust to, Swiens-back, Kassler un Pinkel, denn ick koom ja ut dat Ollborger Land. Hmmh. Denn kann ick ja nich an mi hooln. Denn vergett ick ja allens - ook mi gode Kinnerstuuv. T. B. is dat ja för mi dat gröttste, wenn de Gröönkohl nich to dröög is. De dröff een beten swemmen. Denn wenn he swemmt, denn lett he sick to fein mit de Kar-tuffeln vermusen – un dat is ja wat för mi. Dat schickt sick twors överhaupt nich, heff ick mol leest: Bestandteile des Essens dürfen auf keinen Fall miteinander vermengt werden. Kartuffeln un Gröönkohl mööt sick vermengen, anners hett dat kien Oort. Herrlich.

Denn dat Fleesch, de Wust, de Swiensback un de Kassler.

Also de Wust un de Pinkel, klor, de nehm ick,

Swiensback ook un Kassler. Dat is ja för mit dat gröttste, wenn de Kasslerbroden in een Stück up 'n Disch komen deit.

Ick griep mi denn ja foors dat scharpe Mest un – snipp/snapp – snippel ick mi de beiden Kant- stücken af. Just de Kantsücken, de hefft mi dat andoon. Vör all, wenn de all so'n beten krosch sünd. Is nich so gesund, weet ick, is mi overs egool, ick mööt de beiden Endstücken hebben. Un twüschendöör dor een ornlichen Sluck Beer to – Bohh – oh, deit mi leed – overs dat is för mi Gröönkohl.

Man ick heff faststellt – anner Johr hefft mi Ver- wandten un Bekannten al Neeslang to'n Gröön- kohleten inloodt – dissen Winter noch nich een- mol. Nich mol mien egen Süster. Un de kann just so wunnerbor Gröönkohl moken, so as fröher bi Mudder tohuus.

Ook de röppt nich an. Kortens droop ick ehrn Jung, Tim. 9 Johr.

Ick segg, na Tim, hett`t denn bi Jo al Gröönkohl geven dissen Winter?

Ja, al fief Mol. Fief Mol, Donnerslag, hett dien Mudder mi ja noch gor nix von seggt.

Nee, Mudder hett seggt, Du wardst bi us nich mehr miteten.

Wat? Worum dat denn nich? Se kann dat nich mit

ankieken, dat du di jümmers den Mund so mit Gröönkohl, Kookwust, Pinkel, Kartuffeln, un Kassler to eenmol vullstoppen un denn noch Beer achterher kippen deist.

Malle Snackeree

Allens Filous

Also, mol ganz ehrlich: wat du so Dag för Dag
in de Autowarksteen beleevst: nee, nee un
nochmol nee. An'n leevsten wurd ick ja mien
Auto sülvst repareern, man mit disse ganze
Elektronik kenn ick mi nich mehr ut. Mutt ick
also doch in'e Warkstee. Letzt Week ook
wedder. Na, wat hefft wi denn för Sorgen? sä de
Chef mit sien Ölfingers. Wenn ick dat al höör!
Miene Sorgen sünd dien Verdeenst. Dat is doch
de Wohrheit. Also, in'n Motor klötert wat, vörn
rechts dat Licht schient to wiet no ünnen, de
Sitzheizung geiht nich mehr un de Utpuff hangt
al half dool. Oha! Ja, oha! Ick seeg al dat
Euroteken in sien Ogen. Just socke Kleenig-
keiten duurt ja, un dat Düürste is ja jümmers de
Arbeitstiet, de Mechanik, as dat nu heet. Koom
man kort vör Fierovend, denn hefft wi dat woll
trecht. Woll trecht! De Reken, de hett he denn
trecht. As ick gegen Klock fiev wedder in de

Warkstee weer, harr ick mi dat natürlich al mol in'n Kopp utrekent: Dreestellig – mit Glück. Un dor weer al de Chef mit sien Ölfingers. So, sä he un keek mi mit sien listigen Ogen an. Dat Klötern in'n Motor weer een Schruventrecker, den du dor woll in vergeten hest, as du bi de Lamp togang weerst. De hefft wi even wedder hochdreiht. An'n Utpuff weer een Schruuv rutfullen un bi de Sitzheizung weer de Steker rut. Ja, un wat kost mi dat nu? Vörn in't Büro steiht de Koffeekass, dor smiet man wat rin. Schönen Fierovend! As ick al sä: wat du vondogen in disse Autowarktseen beleven deist: nee, nee, un nochmol nee.

Wenn de Ampel op root steiht

Ick bün ja wohrhaftig een goden ... Staatsbörger is nu een groot Woort, man ick kiek doch um mi to, wat so passeert ... nee, ick will seggen, ick fohr mit open Ogen dör de Stadt ... och wat, all dumm Tüüg. Dat weer so: Ick fohr an'n loten Ovend dör Hamborg. Nich veel los. An een Krüzung steiht de Ampel op root. Vör mi een Wogen ut Ratzborg. Wi mööt töven. Twee Minuten, dree Minuten. Nix, de Ampel blifft root. No fief/söß Minuten deit sick noch nix. Ratzborg hett nu een Idee: he fohrt een beten hen un her, denn an veel Krüzungen springt de Ampel blots denn um, wenn du över de Induktionsschleife fohrt büst. Dat sünd disse Rillen in'n Asphalt, de denn een Signal an de Ampel schickt: Umspringen! Un so een System kann ja al mol utsetten. Doch ook dat hölpt nich. De Ampel blifft root. Un nu sünd al 10 Minuten um. Ratzborg kriggt nu Moot. He fohrt sinnig vör, kickt, of dor von links oder rechts een komen deit – un zack – fohrt he los. Nu stoh ick vör de rode Ampel. Nochmol dree Minuten.

As ick in'n Huus ankoom, vertell ick dat mien Fro un de seggt: Dat muss du mellen. Wat mööt ick mellen? Na, dat de Ampel nich mehr umspringt. Gode Idee. Ick heff al den Hörer in de Hand un denn fallt mi in, wenn de Gendarms mi nu froogt, wo ick denn bün un wo ick no Huus komen bün, wenn doch de Ampel nich umspringt ... As ick al sä: Ick bün een goden Staatsbörger, overs mi sülvst in de Schiet rieten, dat geiht denn doch towiet.

Annerletzt bi'n Dokter

Kortens weer ick bi'n Tähnendokter – un muss töven. Mi gegenöver seet een annern Mann, de mi egoolweg ankeek. Ick dach, kiek du man un nehm mi een Illustrierte to Hand. Doch de Keerl leet dat nich. Denn sä he: Kann dat angohn, dat ick Se annerletzt in't „Freudenhaus" sehn heff? Wat? Ja, in't Freudenhaus op St. Pauli. Nee! Ick meen natürlich dat Lokal „Freudenhaus". Se hefft dor tosomen mit ehr Fro eten. Nee! Se hefft Pannfisch hadd un ehr Fro Rindsroulade. Mien Fro mag gor kien Rindsroulade. Sünd Se seker? Ganz seker. Un Se hefft dorto Wittwien drunken, is ja klor bi Fisch un ehr Fro Rootwien. Versteiht sick bi Rindsroulade. Mien beste Herr, Se mööt sick ver-sehn: mien Fro ett kien Rindsroulade un Wien drinkt se ook nich. Wenn't hooch kümmt mol een Glas Sekt. Basta! Ick dach blots: Roopt den Keerl doch endlich rin un treckt em glieks dree Kusen. Man dor passeer nix. Weer de Rode Grütt denn lecker? Wat is los? Na, Se hefft doch achterher Rode Grütt eten un ehr Fro Vanilleies mit Plumenkrömel. Nu weer't mi overs toveel. Mien beste Herr, ick segg dat nochmol: Mien Fro mag keen Rouladen, drinkt kien Rootwien un Vanilleies is ehr towedder. So! Un nu loot Se mi

tofreden. Overs ick wull doch blots seggen … Nee!
Un in den Momang güng ja endlich de Döör no
de Folterkomer op un de Keerl wurd rinnödigt.
Mann, wat hett dat duurt. Doch in de Döör dreih
he sick nochmol un sä: Nu weet ick, wat loos
weer? Dat weer gor nich ehr Fro, mit de Se dor
in't Freudenhuus weern. Allens klor. Nix för un-
goot! Tschüs. Ohhh! An'n leevsten harr ick ropen:
Treckt em glieks fief Kusen! Doch de Rode Grütt,
de weer wohrhaftig lecker.

Nochmol bi'n Tähnarzt

Kortens heff ick mi wedder mol von'n Tähnen-
dokter in't Muul kieken loten. He weer recht
tofreden mit mi. – „Der übliche Verschleiß" sä he
un meen, de ene Plombe harr een beten leden –
fiiihhhh – rut dormit un een neje rin. Un denn
höört Se ja woll to de Knirschers. Wo höör ick to?
In'n Sloop knirscht Se mit de Tähnen. Kien
Ohnung, wenn ick sloop, denn sloop ick. He,
lach, nee, dor köönt se ook nix gegen moken.
Blots, dat seh ick. Un denn drück he mi so'n
Stück blau Papier twüschen de Tähnen un sä: So,
nun knirschen Sie mal drauflos! Heff ick doon, un
he hool wedder den Bohrer her un siihhhhsiehhhh

un ah – ah – un weg weer de lütte Höcker, up den ick nachts woll jümmers knirschen do. Doch denn keek he opmol wat eernster. Hmmh, Se hefft den Tähn al wat locker knirscht. Dat mööt ick mi wat genauer ankieken. He reep sien Hölpersche her un de harr so'n lütt gediegen Deel in de Hand. Dat drück he von achtern gegen mien Tähn un sä denn: Bitte festhalten. Denn rich he so'n Rohr op mien Back, drück op'n Knoop un upmol stoven de beiden ut den Behandlungsruum un smeten gau de Döör achter sick to. Mann, heff ick mi verjoogt. Heheh, Ji köönt mi hier doch nich eenfach alleen loten. Doch just so gau kemen Se wedder rin un lachen: Allens goot. In fief Minuten weet wi Bescheed. Klor, se harr mi den Tähn röntgt – un dat strohlt ja. Un Strohlen – sünd nich ohne. Doch denn heff ick in't Internet nokeken. Also: eenmol dat Gebitt röntgen belast di mit 5 Mikrosievert. Dat is soveel, as wenn een 1 Stunn in'n Fleger sitten deit. Un ick weet ja, dat mien Tähndokter dit Johr no Spanien will. Disse Reis ward em tomindst mit 20 Mikrosievert belasten, doch dat vertell ick em lever nich, denn wenn em dat klor ward, denn …Nee, he schall sick ja bi mien neegsten Besöök ook noch mien Weisheitstähnen ankieken.

Malle Snackeree

Wat wi so Dag för Dag snackt un sabbelt – denkt wi dor egens noch över no? Ick heff dat Geföhl: Nee, dat doot wi nich. T. B. sä mien Dochder annerletzt, ehre Göörn harrn dör de Bank Hoosten un Fevers hadd. Dör de Bank? Dör wecke Bank, heff ick mi froogt. Mien Tant Else ehr Snack is jümmers: Ick lach mi doot! Hett se overs nich doon. Bit nu tomindst. Ook Unkel Bernd is jümmers noch dor, un dorbi seggt de egolweg: Ick schree mi weg! Mien Fründ Heiner is ook so een, de nich över dat nodenkt, wat he so von sick geven deit. Sien leevste Snack is: Loot mi an Land. De is nienich to See fohrt. Gegendeel, de is al bang, wenn he mit sien Auto op de Fähr twüschen Wischhaven un Glückstadt stohn deit. Wenn mien Vetter Jan füünsch ward, denn schreet he: Kleih mi an ... de Höhnerfööt. Ick glööv overs nich, dat he wecke hett, also Höhnerfööt. Dösig is ja ook de Snack: Koom mi nich an de Farv. Wiet un siet is meist overs kien Farvpott to sehn. Oder de Froog: Wat heff ick dor just höört? Dor will doch nüms een Antwoort op hebben. An'n besten fund ick overs den Snack von mien Vadder. Gerd, hett he foken seggt, slo di dat ut'n Kopp. Slo di dat ut'n Kopp. Eenmol heff ick retourfroogt: Un mit wat schall ick mi dat ut'n Kopp sloon? Mit'n Homer? Weeßt, wat he denn seggt hett: Segg dat nochmol! Dorto wull ick wat seggen, un twors: Du kannst mi mol! Overs den Snack heff ick doch lever för mi behooln.

Hochtietsreed

Heiner un Uschi, dat sünd ganz ole Frünnen von mi un de willt nu heiroten, un hefft mi froogt, of ick nich de Hochtietsreed holen will. Klor, dat is een grode Ehr för mi. Blots een Hoken hett de Sook: för all beid is dat al dat twede Mol. Schall ick seggen: Heiner un Uschi – Een is nix, twee is wat, willt mol kieken, wa't nu ward. Geiht nich! Weet ick. Dorum heff ick mi een Book mit so kloke Spröök köfft, un dor is ook een Kapitel över de Leevde un dat Heiroten in. Mit Snäcke von Promis. Klor, de mehrsten sünd ja „Wieder-holungstäter" un weet dorum op't Best Bescheed. Ick mook dat so: Leve Uschi un Heiner, Bernd Stelter, de hett rutkregen: Eine Ehe ist wie ein Restaurantbesuch – man denkt immer, man hat das beste gewählt, bis man sieht, was der Nachbar bekommt. Dat hefft Ji ook sehn un willt dat dorum nu nochmol versöken. Ji mööt dat ja nich glieks so moken as Liz Taylor, de mol seggt hett: Ich bin zufrieden, wenn meine nächste Ehe die Haltbarkeit von Joghurt überdauert. Klor, de weer ja achtmol verheiroot. Nee, för jo gellt, wat Clint Eastwood meent hett, as he sä: Es gibt nur einen Weg, eine glückliche Ehe zu führen, und sobald ich weiß, welcher das ist, werde ich erneut heiraten. Un dissen Weg, denn hefft ji nu funnen. Doch denkt dor an, wat de schottsche Komiker Billy Connolly seggt hett: Die *Ehe* ist eine wunderbare *Erfindung*, aber das ist ein Fahrradflickzeugkasten auch. Ick wünsch Jo, dat't ditmol klappt un Ji dissen Flickkasten nie bruken ward. Prost! Hach, ick freu mi al so op disse Hochtietsfier.

Schönen Schund – overs nix för mien Öllern

Ick heff güstern 7,50 € utgeven. Wo för? För Schiet, harr mien Vadder seggt. För Schund, harr mien Mudder seggt. Ick heff güstern op een Autobohnraststee tankt un muss an de Kass töven. Heff ick mi also een beten umkeken un wat seh ick: Heften von Donald Duck, Jerry Cotton un Perry Rhodan. Ick kunn nich anners, ick heff mi all dree köfft. 7,50 €. Donald Duck, dor hett ja allens mit anfungen, domols weer ick woll twölf Johr. Overs Unkel Dagobert stevelt jümmers noch in'n Geldspieker dör sien Millionen, as he Besöök kriggt. Fräulein Mustermann von't Amt för Ümweltschutz. Se höört natürlich to de Panzerkackers un hett dat blots op sien Golddollars afsehn. Herrlich. Denn Jerry Cotton. Dor gifft dat ja Szenen, de loot mi schudern. „Ich schob die rechte Hand in die Rocktasche und schloss die Finger um den Kolben des kleinen Revolvers. Duff Cool, sagt ich halblaut, Sie sind verhaftet". Dat … dat is doch eenmolig. Sowat findst du bi Thomas Mann nich. Overs nu Perry Rhodan. Wi schrievt dat Johr 1517 NGZ – neuer galaktischer Zeitrechnung. „Für Jael war das Phänomen schlicht ein Zeitriss. Vielleicht, dass Dinge aus einer anderen Zeit in die Gegenwart tropften." Mi ward noch ganz anners. Un nu verstoh ick ook, worum mien Öllern nich wullen, dat ick dat lesen dee. Se weern bang, ick kunn ook in een anner Tiet rindrüppeln, lann denn in New York von't Johr 2024 NGZ un warr Panzerknacker. Tja, mien Öllern hefft dat blots goot mit mi meent.

De Lappen mutt weg

Nu is dat bi mi ook so wiet: ick warr mien Lappen los. Mienen olen Föhrerschien. Nee, nich wegen to gau fohren oder wiel ick een rode Ampel översehn heff oder gor wegen supen. Nee, mien Fro un ick willt ja veel reisen, Südamerika, Asien, Australien un wenn wi us dor een Auto hüürn willt, denn bruukt wi een Internationalen Föhrerschien. Un dat heet: ick mööt den Lappen afgeven un krieg so'n Plastikkort. Mien Kinner seggt: Na, denn büst du ja ook endlich in de moderne Tiet ankomen. Pff. Ick heff ja noch jümmers mien echten olen griesen Föhrerschien, de mi berechtigt, „ein Kraftfahrzeug mit Antrieb durch Verbrennungsmaschine der Klasse drei" to fohren. Heff ick mit achteihn Johr mookt. Un dor backt natürlich ook noch mien ole Passbild in. Gerd as Teenager. Ohn Boort un Brill. Is al een beten ramponeert mit de Johren – vör all, wiel dat gode Stück al dreemol dör de Waschmaschin gohn is. Overs ick bün dor noch goot to op to kennen. Un dat mööt ick nu afgeven, dor ward een Lock rinknepen un een Stempel kümmt dor op: Ungültig! Dat is doch, as knepen se mit een Lock in't Fleesch un drücken mi een Stempel op de Nees: Ungültig. Doch noch is't nich sowiet. Ick bün al lang in de moderne Tiet ankomen, denn ick warr dat gode ole Stück op mien Computer inscannen. Denn legg ick dat in een egen Datei af un de kümmt denn ook noch in de Dropbox – för de Ewigkeit – un dat all seker ick denn ook noch dör een egen Passwoort af: Gerd sein Lappen. Goot, denn man her mit de Plastikoort.

Spoorn – bit du umfallst

Dor heff ick ja op töövt – un wedder is't sowiet: twüschen de Johrn ward ja allens doolsett. Ick luur ja al jeden Morgen, dat de Postbüdel mi de nejen Prospekten bringt – un denn geiht dat Spoorn los. Een Poor neje Turnschoh heff ick mi köfft – um 30 € runnersett. De olen hefft in'n Sommer een beten leden un dor heff ick dacht: Günn di wat. Bi de Armbanduhr weern dat sogor hunnert. Miene ole löppt noch, so nich, man wo gau de tweigohn köönt, dat mööt ick Jo ja nich vertellen. Ook de neje Stoffsuger steiht eerstmol in'n Keller, denn de ole löppt ja ook noch inwandfree, man de 20 Euro, um de de doolsett worrn is, dat kümmt so gau nich wedder. Mien Fro weer nich so ganz dor mit inverstohn, dat ick ook een neet Eetservice för 6 Personen mitbröcht hefft, övers bi 50 % Rabatt kunn ick nich nee seggen. Dat weern 150 Euro. Overs de Höhepunkt kümmt ja noch: Veer Ringe Wittgold – mit lupenreine Dimanten besett. För mien Fro, is doch klor. Un nu hool di fast: von 1499,00 op 999,00 Euro doolsett. 500 Euro för mi – eenfach mol so. Also wenn ick dat tosomenreken do, denn heff ick güstern op enen Slag 800 Euro spoort. Mien Fro hett recht gediegen keken un wull natürlich weten, wo ick dat Geld denn her harr, dat anner, wat ick ja utgeven heff. Mann, leest du denn kien Zeitungen? Överall ward di de Krediten blots so achterher smeten. Ick heff een för ünner 4 % afsloten. Denn Schulden moken un to glieker Tiet spoorn, dat kann nich jedeneen. Nee, dat köönt blots so dördreihte Rekengenies as du!

Nehm di wat vör – un hool dat ook dör!

Minschen sünd een gediegen Volk: jümmers nehmt se sick to'n Johrwessel allerhand vör, wat se in't niege Johr allens nich oder just denn moken willt – un hoolt dat nich dör. Resultoot: se koomt sick slecht vör, se sünd Losers. To'n Bispill mit dat Smöken optohöörn oder aftonehmen, dat sünd ja al de Klassikers. Worum doot sick de Minschen dat all Johr wedder an? Ick nehm mi ook jümmers wedder wat vör, man blots noch socke Soken, von de ick mi enigermoten seker bün, dat se ook dörhool. Ick will ja t.B. tokomen Johr kien Swattwuddeln eten, un ook kien Rohmspinoot un kien Melkries. Dat verdrääg ick all nich. Un ick will ook nich mehr soveel Feernsehn kieken, vör all Sendungen as „DSDS" und „Bauer sucht Frau" koomt mi nich mehr op'n Schirm. Ick heff mi ja fast vörnohmen, dat ick ook in't neegste Johr nich bi facebook mitmoken do. Un ick will ook nich Tietschriften as „Wild und Hund" un „Mein schöner Garten" abonneern. Ick bün ja kien Jäger un een Goorn hefft wi ook nich. Man ick will mehr Treppen stiegen. Ja, op de Arbeit ward in'n Januar de Fahrstohl saneert un denn geiht dat blots noch över de Trepp. No twee Weken bün ick denn seker al över mien Quantum von't ole Johr röver. Man de dickste Brocken kümmt noch: Ick will, loot dor komen wat will, in de neegsten twölf Monoot kien Eierlikör drinken. Heff ick in't ole Johr nich doon un in dat Johr dor vör ook nich, overs of ick dat nochmol dörhool? Mannonomann, dat niege Johr, dat ward ja spannend!